E. (Emil) Otto

Abraham Lincoln: ein Lebensbild

E. (Emil) Otto

Abraham Lincoln: ein Lebensbild

ISBN/EAN: 9783743301603

Hergestellt in Europa, USA, Kanada, Australien, Japan

Cover: Foto ©Raphael Reischuk / pixelio.de

Manufactured and distributed by brebook publishing software
(www.brebook.com)

E. (Emil) Otto

Abraham Lincoln: ein Lebensbild

Deutsche Evangelische Jugend-Bibliothek.

Fünfundzwanzigstes Bändchen.

Herausgegeben von der

Deutschen Evangelischen Synode von Nord-Amerika.

EDEN PUBLISHING HOUSE.
St. Louis, Mo.
1897.

Abraham Lincoln.

Ein Lebensbild

gezeichnet

von

E. OTTO.

EDEN PUBLISHING HOUSE,
1716-1718 Chouteau Avenue,
ST. LOUIS, MO.

Inhaltsverzeichnis.

* * *

Abraham Lincoln.

1. Kapitel.

Elternhaus und Kindheit.

Wenn im Hause eines Bürgers der Vereinigten Staaten ein Junge geboren wird, so kann man allerdings nirgends wissen, ob da nicht ein zukünftiger Präsident in der Wiege liegt, aber bei den meisten ist es doch nicht gerade wahrscheinlich, und bei etlichen ist es sogar ganz und gar unwahrscheinlich. Zu der letzteren Klasse gehörte das Knäblein, das am 12. Februar 1809 dem Ehepaare Thomas Lincoln und Frau Nancy, geborene Hanks, geboren wurde. Es waren überaus ärmliche, ans Elend anstreifende Verhältnisse, in welchen Abraham, das zweite Kind der Familie Lincoln, ins Leben trat; da war nichts, was von früh an den Ehrgeiz oder die Phantasie des Knaben hätte anregen können, was ihn hätte anreizen mögen, nach großen Dingen in der Welt zu trachten. "The poor man's short and simple story." — des Armen kurze und einfache Geschichte, das ist, wie Lincoln später selbst gesagt, die Überschrift über der ganzen Jugendzeit unseres Helden gewesen.

In Larue County, Kentucky, in der Nähe des heutigen Städtchens Hodgenville, am Ufer des Nolincreek, hat das plumpe Blockhaus gestanden, in welchem sich die Wiege des kleinen Abraham Lincoln befunden, wenn er überhaupt, was sehr zu bezweifeln ist, eine Wiege gehabt hat. Daß die Familie zwei Jahre nach der Geburt des Knaben den Wohnort gewechselt hat und ein paar Meilen weiter an das Ufer des Knobcreek gezogen ist, kann für niemanden, der nicht gerade mit den Örtlichkeiten bekannt ist, besonderes Interesse haben. Die Umgebungen, in welchen der Knabe seine ersten sieben Lebensjahre zugebracht hat, werden hier und dort die gleichen gewesen sein. Dort hat der kleine stramme Barfüßler seine ersten Spiele gespielt, Nester gesucht, Steine werfen gelernt, Dämme im Bache gebaut und seine ersten Versuche im Fischfange gemacht. Wichtiger ist, was wir von Vater und Mutter wissen. Der Vater, Thomas Lincoln, war ein einfacher, schlichter Arbeitsmann. Früh verwaist, war er durch die kümmerliche Lage seiner Mutter darauf angewiesen, sich durch Arbeiten für andere Leute seinen Lebensunterhalt zu verdienen. Schule hat er nicht genossen und nur eben gelernt, seinen eignen Namen zu schreiben, ohne die einzelnen Buchstaben desselben und ihre Geltung unterscheiden zu können. In seinem achtundzwanzigsten Lebensjahre erst war er dazu gekommen, sich ein kleines Grundstück zu erwerben und ein eigenes Hauswesen zu gründen. Wir stellen ihn uns vor als einen schlanken, kräftig gebauten Mann mit ehrlichem Gesicht, gekleidet in den ländlichen Anzug, wie ihn die plumpe Kunst jener Zeit und jener Gegend herzustellen verstand. In seiner Lebensart wird er sich nicht besonders von seinen Volks- und Standesgenossen unterschieden haben. Der Amerikaner besitzt im Durchschnitt nicht die zähe Betriebsamkeit und rastlose Erwerbssucht des Deutschen; er kann je und dann fleißig sein und ganz gehörig arbeiten, aber das Leben geht ihm nicht in lauter Arbeit auf, sondern er will auch seine Vergnügungen haben, wenn sie auch noch so einfach sein mögen. So ist auch der Vater unseres Lincoln wohl ein ordentlicher und redlicher Mann gewesen, von jedermann gern gelitten, aber doch nicht gerade durch höhere Strebsamkeit ausgezeichnet, nicht durch Unternehmungsgeist hervorragend, nicht geschickt, durch kluge und sparsame Verwaltung sich emporzuarbeiten, und so wollte es mit ihm, wie man's nennt, nicht recht vorwärts gehen. Die Schuld daran schob er in richtiger Selbsterkenntnis zum guten Teil auf sich selbst und auf seinen Mangel an Bildung, und er hatte den redlichen Willen, seinen Kindern einmal eine bessere Erziehung zu verschaffen, als er sie selbst genossen hatte.

Die Mutter scheint den Vater an geistiger Bedeutung überragt zu haben und für bessere Verhältnisse erzogen gewesen zu sein, aber sie hat ihre geistige Überlegenheit ihrem Gatten gegenüber nicht in unweiblicher Weise geltend gemacht, sie ordnete sich ihm in demütig stillem Wesen unter und ist ihrem Manne eine treue Gehilfin gewesen. Ihren Kindern gegenüber war sie die liebevolle Mutter und suchte die Keime der Gottesfurcht und des Strebens nach allem Guten in den Seelen derselben zu pflanzen und zu pflegen. Mit dankbarer Rührung hat Lincoln in seinem spätern Leben es öfter ausgesprochen: „Alles, was ich bin und zu werden hoffe, schulde ich meiner seligen Mutter; Segen sei ihrem Andenken.“ Im Hause herrschte trotz aller Ärmlichkeit und Unbedeutendheit der Verhältnisse Friede und Eintracht und schlichte Gottesfurcht, und mit zärtlicher Anhänglichkeit schaute der Knabe zu seinen beiden Eltern hinauf.

Schulen waren zu jener Zeit in Kentucky selten und standen auf niedriger Stufe. Lesen hat der Knabe schon von der Mutter gelernt; eine Schule hat er erst in seinem siebenten Jahre, wahrscheinlich nur auf drei Monate besucht. Sein erster Lehrer war ein Katholik, der aber, wenn speziell seinem Religionsbekenntnisse eigene Zeremonien vorgenommen wurden, den nicht-katholischen Kindern erlaubte, sich zu entfernen; Lincoln hat demselben stets ein dankbares Andenken bewahrt. Der Knabe war fleißig und strebsam und hat während der kurzen Zeit seines ersten Unterrichts schon gelernt, einen lesbaren Brief zu schreiben.

Die kirchlichen Verhältnisse waren zur Zeit in jener Gegend noch ungeregelter als das Schulwesen. Öffentliche Gottesdienste wurden je und dann in längeren, unregelmäßigen Zwischenräumen unter der Leitung umherreisender Prediger entweder im Freien oder in durch Verabredung gewählten Lokalen gehalten. Thomas und Nancy Lincoln gehörten zur Baptistengemeinschaft, und wenn alle paar Monate einmal der alte gute Baptistenprediger Elkin Gottesdienst in der Nachbarschaft hielt, dann pilgerten die Eltern mit ihren Kindern dorthin, und an den schlichten und zu Herzen gehenden Ansprachen des armen, gottgläubigen Reisepredigers lernte der Knabe das erste Vorbild einer populären Beredsamkeit kennen.

Das Gebiet Kentucky, das um 1775 seine ersten Ansiedler meist von Nord Carolina und Virginien aus erhalten hatte und 1792 als selbständiger Staat in die Reihe der Unionsstaaten eingetreten war, war schnell emporgeblüht und volkreich und wohlhabend geworden, zugleich aber war es eine Heimat der Sklavenwirtschaft geworden. Die Lage der ärmeren Weißen, die, auf ihrer eignen Hände Arbeit angewiesen, mit den Großgrundbesitzern nicht konkurrieren konnten, und deren Handarbeit von der vornehmeren Klasse der Sklavenbesitzer selbst als eine Art Sklavenarbeit angesehen ward, war dadurch eine hoffnungslos gedrückte geworden. Außerdem litt Kentucky mehr als ein anderer der neuen Staaten unter dem Mißstande, daß die Besitztitel der Ländereien nicht geordnet waren. Mehrfach war es vorgekommen, daß Leute, die sich im guten Glauben auf einem Grundstücke niedergelassen und wertvolle Verbesserungen darauf angebracht hatten, nach etlichen Jahren durch gerichtliche Klagen von ihrem Eigentume vertrieben worden waren. Hauptsächlich diesem letzteren Umstande war's wohl zuzuschreiben, daß Lincolns Vater sich in seinen Umgebungen unbehaglich fühlte und beschloß, sich in einer neuen angenehmeren Wildnis eine andere Heimat zu suchen. Als Abraham acht Jahre alt geworden war, kam den Vater das Auswanderungsgelüste an. Er fand endlich einen Käufer für seine Heimstätte und schlug sie los um den Kaufpreis, den er dafür bekommen konnte; derselbe bestand in zwanzig Dollars bar Geld und in zehn Faß Whisky. Aus der Art des Kaufpreises braucht man nicht zu schließen, daß Thomas Lincoln ein Trunkenbold gewesen sei; natürlich hat er wohl sein Glas Whisky getrunken, wie jedermann es damals zu thun pflegte, vielleicht auch manchmal eins mehr als gerade nötig, aber von einer den Frieden und die Würde des Hauswesens beeinträchtigenden Neigung zum Trunke war bei ihm nicht die Rede. Wahrscheinlich hat er den Kaufpreis eben in der Form nehmen müssen, wie er ihn bekommen konnte, und zugleich darauf gerechnet, daß er seinen Vorrat in der neuen Ansiedlung in Indiana, wo man auf das Destillieren von Branntwein noch nicht eingerichtet war, unter den benachbarten Ansiedlern mit Vorteil werde verkaufen können, ein Plan, der ihm übrigens zum großen Teile buchstäblich zu Wasser geworden ist.

Er baute ein Floß, das er auf dem benachbarten Bache von Stapel laufen ließ, lud seine Whiskyfässer und das schwere Haus- und Ackergerät darauf, stieß vom Lande und fuhr, die Familie einstweilen zurücklassend, zunächst allein als Pionier bis zum Ohio hinunter. Dort hatte er Unglück, das Floß schlug um und zwei Dritteile seines Whisky und vieles vom Haus- und Ackergerät rollte ins Wasser. Doch bekam er Hilfe, das Flachboot wurde wieder aufgerichtet und soviel sich auf dem Boden des Flusses noch auffinden ließ, wieder an Bord gebracht. Auf der andern Seite des Ohio angelangt, mietete er einen Wagen und ließ seine Habseligkeiten achtzehn Meilen nördlich nach Spencer Co., Indiana, transportieren, wo er in fast noch ununterbrochener Wildnis sich niederlassen wollte. Nachdem er dort seine

Blockhütte fürs erste notdürftige Unterkommen aufgeschlagen und seine Habseligkeiten unter der Obhut eines Nachbars zurückgelassen hatte, machte er sich zu Fuße auf den Weg nach Hause zurück. Inzwischen hatte die Mutter mit den beiden Kindern, Abraham und der ein Jahr älteren Schwester, sich zum Aufbruche gerüstet, und alle drei hatten noch einmal in frommer Andacht das Grab des jüngst verstorbenen Brüderchens besucht, ein Gang, dessen sich Lincoln in späteren Jahren noch liebevoll erinnerte.

Nach der Zurückkunft des Vaters im Herbste 1816 ging es gleich an den Aufbruch. Betten, Kleidungsstücke und leichteres Hausgerät wurden auf drei Pferde geladen, und abwechselnd einmal reitend und dann wieder zu Fuße gehend zog die Karawane dahin, und eine siebentägige Reise brachte sie ans Ziel.

---

2. Kapitel.

Die Knabenzeit.

Auch die zweite Periode in Lincolns Leben, die Knaben- und Jünglingszeit, bietet nichts von hervorragendem allgemeinerem Interesse dar, es ist ein Leben unter rauhen Verhältnissen, unter anstrengenden Arbeiten und unter Entbehrungen, die nur darum nicht als erdrückend empfunden wurden, weil man glänzendere und bequemere Lebensverhältnisse nicht kannte. Daß die ersten Jahre nach der Übersiedelung besonders durch Armseligkeit und Nöte gedrückt waren, läßt sich denken: wer nicht selbst die Lebenszustände unter den Pionieren einer neuen Ansiedelung mit angesehen hat, kann sich kaum einen Begriff machen von der Dürftigkeit, von dem Mangel an Bequemlichkeit und Annehmlichkeit, wie sie in der Hütte eines solchen Pioniers herrschten. Die ganze Hütte, 24 bei 20 Fuß groß, bildet nur einen einzigen Raum, nur an der Hinterseite ist ein Verschlag abgeteilt, in welchem etwas Korn, Kartoffeln, ein Faß Mehl und etwas trockenes Holz aufbewahrt werden. Die Hausthür ist zugleich Stubenthür; sie hat sich in den Angeln gesenkt, und Regen und Wind schlagen durch den Spalt oben herein, sie ist deswegen durch ein vorgehängtes Hirschfell noch besonders geschützt. Auf der einen Seite ist ein Fensterchen von zwei Scheiben, je einen Fuß hoch, acht Zoll breit, eingelassen, das bei hellem Wetter die nächste Umgebung bis auf sechs Fuß im Umkreise leidlich erhellt. An der gegenüberliegenden Wand ist der Kamin mit dem eisernen Dreifuß und mit den schwelenden, dampfenden Holzkloben, immerhin der gemütlichste Fleck des Hauses. Den Fußboden bildet die Mutter Erde selber, an einigen Stellen mit ein paar Bretterstücken und mit ein paar Fellen belegt. Vier Pfähle in die Erde gerammt, mit Stangen verbunden und mit Brettern belegt, bilden den Tisch, zwei Blöcke und ein Brett darüber geben eine Bank. In der Ecke steht das Bett, ein veritables Bett. Das Kopfende und eine Seite werden durch den Winkel des Hauses selbst gebildet, es braucht also nur einen einzigen Pfosten, derselbige ist ein massiver Holzstamm aus dem Walde in die Hütte gepflanzt, in die Erde gerammt, zwei Kerben sind in ihn hineingesägt und dicke Stangen in dieselben eingelassen, welche mit ihren andern Enden in die Blöcke der Wände eingefügt sind; über das so gebildete Stangenviereck sind Bretter gelegt und auf denselbigen liegt ein Laubsack. Das ist das Ehebett, und in dasselbe kriechen die beiden Kinder mit hinein, wenn es ihnen bei kaltem Wetter, da die an die Thür gehängten Felle den Zugwind nicht abzuhalten vermögen, auf ihren Laubsäcken, die in der andern Ecke auf dem bloßen Boden liegen, zu kalt wird. Es heißt ja wohl: „Raum ist in der kleinsten Hütte für ein glücklich liebend Paar," aber mit dem bloßen Raume ist's doch auch nicht gethan, und man begehrt doch auch etwas Behaglichkeit dabei, und die Unmöglichkeit, in so beschaffnen Räumlichkeiten die erwünschte Sauberkeit und Nettigkeit des Haushaltes herzustellen, mag auf der feinfühlenden Hausmutter manchmal drückend genug gelastet haben. Es ist kein Wunder, daß sie unter der Last bald erlag. Der auf dem Gemüte lastende Druck, die Ungesundheit der Wohnung und des Klimas griffen ihre körperlichen Kräfte an; sie bekam die Schwindsucht und siechte dahin. Es müssen traurig gedrückte Zeiten gewesen sein, in denen der Frohsinn aus dem Familienleben gewichen war; aber war auch die sorglose Heiterkeit gewichen, der Friede und das Gottvertrauen nicht. Zwei Jahre nach der Übersiedelung, als Abraham zehn Jahre alt war, starb die Mutter. Unter den Bäumen nahe der Hütte bettete man sie, und auf dem Grabhügel beweinte der Knabe seinen unersetzlichen Verlust. Das Begräbnis selbst war sicherlich ohne alle Zeremonien vollzogen worden, aber es war dem Vater und den Kindern Bedürfnis, dem Gefühle der Dankbarkeit an die Dahingeschiedene durch die Erweisung letzter christlicher Ehre würdigeren Ausdruck zu geben. Die Geschicklichkeit, die sich Abraham im Schreiben erworben, ward zum erstenmale zu einem bedeutenderen Zwecke benutzt. Er schrieb einen Brief an den alten Pfarrer Elkin in Kentucky und bat ihn, der Mutter, die er ja auf seinen Predigtfahrten kennen und schätzen gelernt hatte, eine Leichenpredigt zu halten. Es war kein geringer Dienst, den er von dem Pfarrer verlangte; derselbe mußte einen Ritt von hundert Meilen durch die Wildnis machen, und es ehrt den Mann, daß er, ohne Aussicht auf eine reiche Entschädigung, der Frau, die einst ihn und sein heiliges Amt hochgeschätzt hatte, die letzte Ehre zu erweisen bereitwillig war. Er antwortete, daß er an einem nicht fernen Sonntage die Predigt halten werde,und gab Abraham die Ermächtigung, die Nachbarn von dem in Aussicht gestellten Gottesdienste in Kenntnis zu setzen. Das geschah denn auch, und die Nachricht von dem seltenen Ereignis, von der Ankunft eines Predigers, wurde wohl zwanzig Meilen in die Runde verbreitet.

Der Gottesdienst hat auf den Knaben einen unauslöschlichen Eindruck gemacht. Gehoben von der Feierlichkeit der Stunde, von dem Verlangen der Gemeinde nach dem Worte Gottes, erhob sich der Prediger über sich selbst und redete nicht bloß menschlich tiefgefühlte Worte zum ehrenden Andenken an die christliche Frau, sondern er verkündigte mit Begeisterung das Wort des Lebens. Was die Mutter gewesen und was sie insonderheit ihm gewesen, das hatte ja der Knabe schon längst, ohne es in Worte fassen zu können, tief empfunden, aber nun trat ihm das Bild derselben noch in verklärteren Zügen vor die Seele, und der Gedanke, daß sie, schon hier in ihrer Niedrigkeit vor Gottes Augen hochgeschätzt, nun in der Ewigkeit vom erreichten Ziele aus auf ihn herabschaue, erfüllte sein Herz mit dem edeln Streben, sich ihrer würdig zu erweisen.

Mit dem Schulwesen war es in Indiana keineswegs besser bestellt als in Kentucky, und mehr als die ersten Elemente konnte in den dortigen Schulen nicht gelehrt werden. Zu verschiedenen Malen, aber nie lange hintereinander und nie regelmäßig, hat der Knabe die Schule besucht, so daß die Gesamtzahl der Schultage, die er in seiner ganzen Jugendzeit genossen, zwölf Monate kaum übersteigen wird. Mit einem ernsten, aufs Nützliche gerichteten Sinne hat er von früh an sich selber zu bilden gesucht. An dem knabenhaften, abenteuerlustigen und müßigen Herumstreichen hat er von Anbeginn nicht besonderes Vergnügen gehabt. Einmal hat er von der Thür des Blockhauses aus in einen Haufen vorüberlaufender Turkeys geschossen und glücklich einen großen Hahn erlegt; das ist das größte Stück Wild gewesen, das er in seinem Leben erlegt hat, obwohl in jener Gegend für die herumstreichenden Jäger noch Gelegenheit genug war, Hirsche und Füchse zu schießen. Der Sinn des Knaben war aufs Lernen gerichtet; jedes Buch, dessen er habhaft werden konnte, las er. Die Bücher, welche er zuerst zu lesen bekam, und welche am meisten Einfluß auf die Bildung seines Geistes ausgeübt haben, waren, als das Erbe seiner Mutter, gar trefflich gewählt; es waren die Bibel, aus welcher er viel auswendig wußte, Äsops Fabeln, die er vollständig aufsagen konnte, und J. Bunyans "The Pilgrim's Progress", Bücher, wie sie aus der reichhaltigsten Bibliothek nicht besser hätten für ihn ausgesucht werden können. Dazu kamen später die Lebensbeschreibungen Washingtons, Franklins und Henry Clays. Das Leben Washingtons gab ihm ein erhebendes Beispiel von Vaterlandsliebe und dabei zugleich eine allgemeine Kenntnis der vaterländischen Geschichte. „Ich erinnere mich," sprach er später gelegentlich, „daß ich damals, obwohl ich noch ein Knabe war, dachte, daß das Ding, um welches diese Männer kämpften, ein mehr als gewöhnliches gewesen sein müsse." Das Leben Henry Clays erzählte ihm von einem noch lebenden Manne, der von einer fast ebenso niedrigen Stellung wie die seinige sich zu politischer und gesellschaftlicher Höhe emporgeschwungen hatte, und hat unzweifelhaft viel dazu beigetragen, seinen Geschmack an der Politik zu erregen, seinen Ehrgeiz anzuspornen und ihn zu einem warmen Bewunderer Henry Clays zu machen.

Ebenso schrieb er auch fleißig, und jeder Fetzen Papier, der in seinen Bereich kam, und in Ermanglung eines solchen auch jedes glatte Stückchen Baumrinde, ward benutzt, um zu Schreibübungen zu dienen. Die Fertigkeit des Jungen im Schreiben ward in der Nachbarschaft bekannt und bewundert und, da die meisten Bewohner dieser edlen Kunst unkundig waren, bald auch vielfach benutzt; dieser und jener, der gerne einen Brief geschrieben haben wollte, kam zu ihm und trug ihm seine Angelegenheit vor, und so lernte Abraham, die Gedanken andrer Leute so gut wie seine eigenen in geeignete Worte zu fassen, eine Fertigkeit, die ihm als Schriftsteller und Redner in seinem spätern Leben von außerordentlichem Nutzen gewesen ist.

Als er größer wurde, ward seine Hilfe bei den Arbeiten im Walde und auf dem Felde wertvoller, und er ging oft aus, auf Tagelohn zu arbeiten. Überall war der fleißige und thatkräftige, muntere und zutrauliche Knabe gerne gesehen, und wer ihn näher kannte, merkte, daß in demselben mehr als ein gewöhnlicher Tagearbeiter steckte.

Im Herbst 1819, etwas über ein Jahr nach dem Tode seiner ersten Frau, verheiratete sich Thomas Lincoln aufs neue und zwar mit einer Frau Sally Johnston aus Kentucky, jedenfalls einer seiner früheren Bekanntinnen. Sie war eine Witwe und brachte aus früherer Ehe drei Kinder mit, wendete aber ihre volle Muttertreue auch den Kindern ihres Mannes zu, und die Familienglieder lebten in Eintracht zusammen. Zugleich ward durch diese Erweiterung des Haushaltes etwas vom Anstriche verfeinerten Lebens mitherzugebracht, die neue Mutter brachte etliche Luxusgegenstände in die Wildnis mit, die als nie gesehene von dem Knaben angestaunt wurden, ein ordentliches Bett, eine Kommode, ein Dutzend ordentliche Stühle und dgl., so daß das Lincolnsche Haus sich nun schon neben anderen präsentieren konnte. Zwischen dem frühreifen Knaben und der Stiefmutter entwickelte sich ein recht erfreuliches Verhältnis. Sie faßte Vertrauen zu ihrem Sohne, wußte dessen Lieblingsneigungen recht zu beurteilen, zu leiten und zu fördern. Während der Vater an dem regellosen Herumlernen, Lesen und Schreiben des Jungen nicht recht Wohlgefallen hatte und ihn lieber zu stetiger Handarbeit herangezogen haben wollte, nahm die Mutter seine eigentümliche Art in Schutz und meinte, man müsse jedes Kind, solange es nicht unrecht thue, in seiner eigenen Art sich entwickeln lassen. Die Stiefmutter hat ihm in späterer Zeit, als man sich nach der Jugendzeit des schon berühmt gewordenen Mannes erkundigte, das Zeugnis gegeben: „Abraham war ein guter Junge, und ich kann sagen, was kaum eine Mutter unter tausend sagen kann, er hat mir nie ein böses Wort oder einen bösen Blick gegeben und sich nie geweigert, zu thun, was ich von ihm verlangte. Ich habe auch niemals ihn auszanken müssen. Seine Gedanken und meine, soviel ich eben gehabt haben mag, gingen immer e i n e n Weg. Als er zum Präsidenten erwählt worden war, hat er mich besucht. Er ist immer ein pflichtgetreuer Sohn gegen mich gewesen, und ich denke, er hat mich getreulich lieb gehabt. Ich hatte noch einen Sohn, John, der mit Abe zusammen aufgezogen ward; beide waren gute Jungen, sie sind nun beide tot, aber ich muß sagen, Abe war der beste, den ich je gesehen oder zu sehen erwarte."

Es war natürlich auch gar keine Gefahr vorhanden, daß Abraham ein Bücherwurm werden möchte; dazu waren die Bücher denn doch zu wenig vorhanden, der notwendigen körperlichen Arbeiten zu viele und der Sinn des Knaben viel zu sehr dem Leben selbst zugewendet. Beim Arbeiten war er nicht gerade überhitzig, sondern nahm die Sache gern gemütlich, ruhte sich auch gern einmal aus, wie er denn z. B. beim Pflügen gerne am Ende der Furche die Ochsen verschnaufen ließ, um derweilen schnell in dem aus der Tasche geholten Buche ein paar Seiten zu lesen; aber wenn er zugriff, so ging's ihm von der Hand, er war in allen seinen Bewegungen sicher und geschickt, und wo's auf Stärke ankam, that's ihm so leicht keiner gleich. Natürlich hat er auch die seinem Alter und seiner Umgebung angemessenen Unterhaltungen geliebt, oft genug ist er auf die Jagd gegangen, wenngleich er kein leidenschaftlicher Jäger war, er hat gefischt, geschwommen, geklettert, gesprungen und sich gebalgt. Am meisten zogen ihn Unterhaltungen an, bei denen er mit andern Leuten zusammenkommen konnte. Wenn irgendwo eine Fuchsjagd war und Treiber gebraucht wurden, oder wenn ein Blockhaus aufgerichtet wurde und die Nachbarn helfen mußten, oder wenn irgendwo eine Auktion oder eine Gerichtsverhandlung war, wo die Leute aus der Nachbarschaft zusammenkamen, da war er dabei und in seinem Elemente.

So gingen die Jahre dahin, bald war er daheim, bald auswärts auf Arbeit, für 25 Cents, die dem Vater ausgezahlt wurden, half er pflügen, dreschen, Fenzriegel spalten, Kühe melken, Wasser tragen, Kinder warten, alles, wie's kam, keine Arbeit war ihm zu schwer und keine zu gering, und natürlich war ein Arbeiter, der, wenn er zugriff, für zwei arbeiten konnte, und der bescheiden und willig war, gesucht und nicht leicht um Beschäftigung verlegen. Manchmal mögen sich allerdings seine Arbeitgeber geärgert haben, wenn er mit mehreren Arbeitern zusammen war und der Junge die Mannsleute zum Schwatzen verleitete oder sich hinstellte und ein Gedicht aus seinen Lesebüchern deklamierte oder aus dem Stegreife eine Rede hielt; doch konnte man ihm darob nicht böse sein, faul war er ja nicht und brachte, was er etwa versäumt hatte, dann um so frischer wieder ein.

In seinem achtzehnten Jahre war er etliche Monate auf einem Fährboote*) auf dem Ohio beschäftigt, und dies hat jedenfalls den Kreis seiner Anschauungen wesentlich erweitert. Die Stromschiffahrt war damals von viel größerer Bedeutung als heutzutage, sie war das einzige bequeme Verbindungsmittel zwischen entlegeneren Gegenden; da kamen Flöße von Bauholz, da fuhren Kähne mit Frucht beladen, da kamen die Dampfschiffe von Cincinnati herabgefahren, da gab's Zurufe von Boot zu Boot, da gab's Gespräche mit den Mannschaften der am Ufer anlegenden Fahrzeuge. Das regere Leben lockte den Jüngling und erweckte seefahrerische Gelüste in ihm. Geschickt, mit Axt und Säge, mit Beil und Bohrer umzugehen, baute er sich selbst ein Flachboot, um auf demselben die Erträge der kleinen Lincolnfarm, wahrscheinlich hauptsächlich Korn, den Fluß hinabzufahren und an günstiger Stelle zu Markte zu bringen. Über den Erfolg der Reise ist weiter nichts bekannt, nur knüpft an dieselbe sich die Erinnerung an einen unbedeutenden Vorfall, der sich aber seinem Gedächtnisse angenehm eingeprägt hat, an den Erwerb des ersten unabhängig verdienten Dollars. Als er mit seinem Boote am Landungsplatze lag, kam ein Dampfer den Fluß herabgefahren. Zu gleicher Zeit kamen zwei Passagiere zu Wagen am Ufer angefahren und wünschten, mit ihren Koffern nach dem Dampfer gefahren zu werden, der, weil kein Landungsplatz da war, in der Mitte des Flusses lag. Sie sahen sich unter den Booten am Ufer um, wählten Abrahams Boot und fragten ihn, ob er sie nach dem Dampfer rudern könne. „Warum nicht," war

*) Ferryboat.

die Antwort. Er brachte sie hinüber, lud auch ihre Koffer auf seine starken Schultern und schaffte sie vom Kahne aus auf das Boot. Glücklich untergebracht, schienen ihn die Herren ganz vergessen zu haben, und mit Besorgnis wartete Abe, ob sie ihn auch bezahlen würden; endlich, als schon der Dampfer sich wieder in Bewegung zu setzen begann, faßte er sich ein Herz und rief den Herren zu: „Sie haben vergessen, mich zu bezahlen!“ Da warf ihm jeder einen halben Dollar in Silber in seinen Kahn. „Ich konnte meinen Augen kaum trauen,“ sagte Lincoln, als er die Anekdote seinem Staatssekretär Seward später erzählte; „Sie werden die Sache vielleicht für unbedeutend halten, aber für mich war's ein sehr wichtiger Vorfall: ich konnte kaum glauben, daß ich, ein armer Junge, in weniger als einem Tage einen Dollar verdient hatte. Ich war mehr hoffnungsvoll und selbstbewußt seit dieser Zeit.“

Noch ein anderer Vorfall aus jener Zeit hat sich seinem Gedächtnisse eingeprägt: derselbe gibt zugleich ein Beispiel der Beschwerlichkeiten, denen die Ansiedler jener Zeit ausgesetzt waren. An Nahrungsmitteln war ja allerdings in jenen Tagen der Indianer gewöhnlich kein Mangel, und als ein Hungerleiderleben brauchen wir uns die innerlichen Zustände des Familienlebens nicht zu denken; Wild und Fisch gab's die Menge, und auch würzige Beeren lieferte der Wald. Aber mit Brot und Zukost sah's mißlich aus. Kartoffeln und wieder Kartoffeln, und manchmal nichts als Kartoffeln, waren das tägliche Brot. Korn und Weizen gemahlen zu erhalten, war mit großen Schwierigkeiten verknüpft. Das Korn ward allerdings meist daheim zwischen zwei

Steinen zerrieben, wenn man's aber etwas feiner für Sonntag haben wollte, mußte man's in die Mühle bringen, und die nächste Mühle war vierzig Meilen weit. Diese gelegentlichen Wallfahrten nach der Mühle aber waren gerade ein Gaudium für Abraham. Zur Seite des tüchtig beladenen Pferdes schlenderte es sich gemütlich durch den Wald oder die einsame Straße entlang; hie und da ward einmal an einer am Wege liegenden Farm vorgesprochen, und die Geschicklichkeit der gutmütigen Farmersfrau beschränkte sich nicht bloß auf den erbetenen Wassertrunk. In der Mühle gab's Gesellschaft, da saßen die Männer und Buben weit und breit aus der Umgegend und warteten, bis die Reihe an sie kam. Die Mühle war ein sehr einfaches Ding und wurde mit Pferden getrieben, jeder Kunde mußte sein Korn selber mahlen und mußte sein eigen Pferd dazu hergeben, und es ging nach dem Sprüchlein: „Wer eher kommt, mahlt eher." Da kam's wohl einmal vor, daß einer drei Viertel seines Korns seinem Pferde verfüttert hatte, bis er das vierte Viertel gemahlen bekam. Das machte aber nicht viel aus, die Leute hatten's im allgemeinen nicht eilig, und wenn einer heute nicht nach Hause kam, kam er vielleicht morgen. Da gab's denn unter den Jungen Spiel und unter den Männern Gespräch und dann und wann einmal ein Wettringen; das war gerade etwas für unsern Abraham, und er war mit seiner Behendigkeit und Kraft, womit er allerlei Kunststückchen aufführen, und mit seiner Gesprächigkeit, womit er allerhand Geschichten erzählen konnte, ein immer gern gesehener Kumpan bei der Mahlgesellschaft. Einmal nun hatte er, als die Reihe an ihm war, sein Pferd an den Hebel gespannt und folgte ihm dicht auf dem Fuße, es antreibend. Plötzlich bekam er von demselben einen Schlag auf die Brust, der ihn besinnungslos niederwarf. Als er nach etlicher Zeit wieder zu sich kam, vollendete er merkwürdigerweise den Zuruf gerade mit dem Worte, das ihm in der Kehle stecken geblieben war, als er den Schlag erhielt. Er machte sich dann alsbald auf den Heimweg, wo er endlich todmüde, aber bereit zu weiterer Arbeit ankam.

In seinem neunzehnten Lebensjahre machte Lincoln eine zweite größere Flußreise, die ihn bis nach New Orleans führte. Ein Mr. Gentry, der Gründer des Städtchens Gentryville, das mittlerweile in der Nähe der Lincolnfarm entstanden war, wandte sich an ihn mit dem Antrage, in Gemeinschaft mit seinem Sohne ein Flachboot mit Waren nach New Orleans zu bringen. Die Oberaufsicht bei der Fahrt ward Abraham anvertraut. Es beweist dies wohl zur Genüge, welch guten Namen der Jüngling sich in Bezug auf Ehrlichkeit und Fähigkeit erworben hatte. Er hatte die Fahrt noch nie gemacht, kannte den Weg nicht und war in Geschäften noch gar nicht bewandert, und doch ward ihm die Führung eines Fahrzeuges anvertraut, das ein Kapital repräsentierte. Er bekam dafür acht Dollars monatlich und die Rückfahrt bezahlt. Die Reise ging ohne Unfall von statten, und obwohl die Fahrt an den flachen Ufern des Mississippi mit seinen endlosen Wäldern eintönig genug war, so gab es doch manche gemütliche Unterhaltung mit Ansiedlern und Jägern an den Ufern und viel Zurufe von ähnlichen Fahrzeugen wie das Lincolnsche, und alles war für den mit offnen Augen blickenden

Jüngling neu und anregend. Ein Abenteuer hatten unsere Reisenden zu bestehen, das den zukünftigen Befreier der Negerrasse in unliebsame Berührung mit seinen spätern Schützlingen brachte. In der Nähe einer Zuckerpflanzung zwischen Natchez und New Orleans hatten sie ihr Boot gelandet, um einen Handel mit dem Besitzer der Pflanzung zu versuchen. Die Nacht war hereingebrochen, und sie hatten sich auf dem Verdeck schlafen gelegt. Da hörte Abraham ein Geräusch am Ufer. Da es auf seinen Ruf: „Wer ist da?" keine Antwort gab, sprang er auf und sahe sieben Schwarze, welche ohne Zweifel die Absicht hatten, zu stehlen oder Schlimmeres zu verüben. Sie hatten wohl gemeint, sieben gegen zwei leichtes Spiel zu haben, aber sie waren an den Unrechten gekommen. Unser friedfertiger Abraham ergriff eine eisenbeschlagene Stange, und den ersten, der gerade an Bord steigen wollte, schlug er nieder, daß er ins Wasser fiel, der zweite, dritte und vierte empfingen die gleiche Begrüßung. Die übrigen packte die Furcht, sie liefen davon, unsere Helden sprangen ans Land, setzten ihnen nach und prügelten sie windelweich. Zu ihren Booten zurückgekehrt, sahen sie noch eben, wie die ersten Angreifer, die sich von ihrer Betäubung erholt hatten, aus dem Wasser sprangen und davonliefen, so schnell sie ihre Füße tragen wollten. Unbewaffnet und nicht beabsichtigend zu warten, bis die Neger mit Verstärkung zurückkehrten, schnitten sie das Boot los, fuhren zwei Meilen den Fluß hinab, banden das Boot wieder an und erwarteten den Morgen. Die Reise wurde glücklich vollendet, die Ware ward verkauft, das Floß als Bauholz losgeschlagen, und die jungen Leute traten die Rückreise an teils auf dem Dampfschiffe, teils zu Fuß, und nach siebenwöchentlicher ermüdender Fahrt kehrten sie in die Heimat zurück.

Bald darauf, im Frühjahre 1830, schritt die Familie Lincoln zur Ausführung eines Vorhabens, das schon länger geplant worden war, nämlich zur abermaligen Auswanderung. Die Gegend in Indiana, die ihnen dreizehn Jahre Heimat gewesen war, erwies sich als nicht recht gesund und die Bearbeitung des Bodens als nicht lohnend genug. Das sogenannte Milchfieber grassierte, Menschen und Vieh erkrankten, der mit schwerem Baumwuchs bestandene Boden war schwer für den Ackerbau zuzubereiten und nachher doch bei dem damaligen Stande der Farmwirtschaft nicht ergiebig genug, die Farmprodukte waren bei dem Mangel an Verkehrsstraßen nicht leicht abzusetzen, die ganze Gegend kam nicht recht voran. Dagegen berichtete ein Verwandter der Familie, der nach Illinois gezogen war, daß dort Hunderte von Äckern fruchtbaren Prairiebodens, am Rande von Waldungen gelegen, nur des Pfluges harreten, um sofort ohne schwere Arbeit in ergiebigstes Farmland verwandelt zu werden. Möglich, daß der Vater, Thomas Lincoln, wenn er allein gewesen wäre, am alten Orte geblieben sein würde, aber die Bedürfnisse der Familie waren zu berücksichtigen, die erwachsenen Stiefbrüder und Schwäger Abrahams wünschten eigenen Hausstand zu gründen und wollten für den neuen Anfang nicht noch einmal die schweren Erfahrungen des Vaters durchmachen, sondern sich ein bequemeres und lohnenderes Gebiet für ihr Arbeiten aussuchen; so ward zur Auswanderung geschritten.

Die Nachbarschaft sah die Familie Lincoln ungern scheiden; zwischen den benachbarten Familien bestand ein freundliches, herzliches Verhältnis, und jeder suchte den Scheidenden noch in einfacher Weise ein Zeichen des Wohlwollens auf den Weg zu geben. Namentlich wurde unserm Abraham ein ehrenvolles freundliches Andenken bewahrt. Den Jungen war er ein guter Kamerad gewesen, bewundert wegen seiner Stärke und Geschicklichkeit, bei den Alten war er beliebt wegen seiner Bescheidenheit, seiner Bereitwilligkeit zu helfen, seiner Sittsamkeit und einfachen Höflichkeit. Es haftete, menschlich gesagt, kein Flecken an seinem Leben, kein Laster hatte er angenommen, er trank nie geistige Getränke, ein Fluch kam nie über seine Lippen. Er liebte und erzählte eine Anekdote besser als irgend jemand in der Nachbarschaft, außer seinem Vater, von dem er Talent und Neigung dazu ererbt hatte; er sprach gern und liebte gesellschaftliche Unterhaltung, war gutmütig, ehrlich und zuverlässig unter allen Umständen. So war er im kleineren Kreise seiner Umgebung so populär, wie er's später im ganzen Volke geworden ist.

Auf der andern Seite hat auch Lincoln der Umgebung seines Jugendlebens stets ein freundliches, dankbares Andenken bewahrt. Es waren ärmliche Verhältnisse, die ihn umgeben hatten, aber diese Ärmlichkeit hatte nichts Drückendes, nichts Verächtliches an sich, dessen er sich zu schämen gehabt hätte; er hat auf seine Jugendzeit stets als auf eine im ganzen fröhliche, sorgenlose und heitere Zeit zurückgeblickt.

3. Kapitel.

Die Anfangszeit in Illinois.

Die Karawane, welche nach Illinois auswanderte, bestand aus der Familie Thomas Lincolns und denen von Dennis Hanks und Levi Hall, welche die Stiefschwestern Lincolns geheiratet hatten, zusammen dreizehn Personen. Alle Habe, welche die drei Familien mitgenommen hatten, war auf einen großen mit vier Ochsen bespannten Wagen geladen, Abraham machte den Treiber. Das Wetter war noch rauh, die Straßen, soviel's deren gab, ziemlich bodenlos, die Flüsse geschwollen, aber die Gesellschaft war gutes Mutes, jeder Tag brachte neue Unterhaltung, und besonders für den rüstigen, abgehärteten Abraham war die anstrengende Wanderung reizvoll. Die zweihundert Meilen des Weges wurden in fünfzehn Tagen zurückgelegt. Unterwegs machte Abraham zugleich den Pedler; seinen gesamten Geldvorrat, etliche dreißig Dollars, hatte er zuletzt in Gentryville in Waren angelegt und den Vorrat des dortigen kleinen Kaufladens an Messer und Gabeln, Steck- und Nähnadeln, Zwirn und Knöpfen ausgekauft. Obwohl die Gegend, durch die man zog, noch spärlich besiedelt war, machte er doch mit seinem Handel gute Geschäfte und konnte an den Kaufmann zurückschreiben, daß er seinen ganzen Vorrat losgeschlagen und seinen Kassenbestand verdoppelt habe.

In Macon County, ungefähr zehn Meilen westlich von Decatur, am Ufer des Sangamon-Flusses, ließ man sich nieder. Hier wurde am Rande des Waldes eine Blockhütte errichtet. Axt, Säge, Beil und Taschenmesser waren das einzige Handwerkszeug, das zur Verwendung kam, Fußboden und Thüren waren aus Brettern, die mit Axt und Beil aus Stämmen gespalten waren. Als die Blockhütte und die Nebengebände fertig waren, machte sich Abraham daran, Fenzriegel zu spalten, um ein Feldstück von zehn Acker einzuzäunen. Dasselbe pflügte er dann noch mit seinen Ochsen um und bestellte es mit Korn. Das war, abgesehen von späteren gelegentlichen Aushilfen, die letzte Arbeit, die er für seinen Vater gethan, denn nachdem so die Familie mit Wohnung und Nahrung für die nächste Zeit versorgt war, machte er im Sommer 1830 von dem Rechte seiner Großjährigkeit Gebrauch, um auf eigene Faust sein Glück zu versuchen. Er war etliche Monate über einundzwanzig Jahre alt, als er das elterliche Haus verließ. Ein gesunder, kräftiger Körper, ein offener Kopf und ein redliches Herz, das war alles, was er beim Hinaustritt ins selbständige Leben mitnahm, sonst hatte er nichts; wohl war er in allen Handarbeiten geschickt, aber ein besonderes Handwerk hatte er nicht gelernt, Gönner und einflußreiche Freunde, die ihm in der fremden Gegend hätten forthelfen können, besaß er nicht, nicht einmal eine anständige Kleidung, in der er sich überall sehen lassen konnte, war sein, und er war so recht eigentlich auf das amerikanische "help yourself" angewiesen. Das hat er denn auch gethan. Zuerst spaltete er für eine Frau Nancy Miller Fenzriegel und zwar je einhundert Stück für eine Yard halbwollenen halbflächsenen Zeuges, das mit Wallnußrinde braun gefärbt war, wie er's für einen Anzug brauchte. Morgens sechs bis sieben Meilen auf Arbeit zu gehen und abends wieder heim, war ihm damals etwas Gewöhnliches. Seine Stärke machte ihn wohl bald zu einem gesuchten Arbeiter, aber von Geldverdienen und Emporkommen war nicht viel die Rede. Im Winter '30—'31, in welchem „der große Schnee fiel", machte er die Bekanntschaft eines Händlers, Denton Offut, und er, nebst seinem Stiefbruder und seinem Schwager, machte mit demselben einen Vertrag, daß sie von Beardstown am Illinois River aus ein Boot mit Waren nach New Orleans steuern sollten. Abraham hatte ja die Reise schon einmal gemacht und paßte für die Arbeit, so wurde der Kontrakt abgeschlossen. Die drei jungen Leute sollten mit Offut in Springfield zusammentreffen, sobald der Schnee weggegangen sein würde. Als derselbe Anfangs März schmolz, war die Gegend so überschwemmt, daß die Reise von ihrer Heimat bei Decatur aus bis nach Springfield nicht zu Fuße gemacht werden konnte; sie kauften sich daher ein Kanoe und fuhren darauf den Sangamon River hinab nach Springfield. Dort trafen sie Offut, erfuhren aber von ihm, daß es ihm nicht gelungen sei, in Beardstown ein Boot anzukaufen. Da alle sich getäuscht sahen, so verabredeten sie schließlich, daß sie selber ein großes Boot für Offut bauen wollten, und zwar sollte dies geschehen in Sangamon Town, einem Städtchen sieben Meilen nördlich von Springfield, das heute nicht mehr existiert, damals aber ein blühendes Uferstädtchen am Sangamon-Flusse war, dafür sollte jeder zwölf Dollars monatlich erhalten. Die Bäume zum Baue des Bootes mußten erst gefällt, Balken und Bohlen erst gesägt werden. Der Bau nahm etwa vier Wochen in Anspruch. Während der vier Wochen, die man sich in dem Städtchen aufhielt, machte sich Abraham bald unter der ganzen Bevölkerung populär durch seine Unerschöpflichkeit im Geschichtenerzählen. Abends pflegte sich die männliche Bevölkerung des Städtchens bei der Mühle zu versammeln, dort setzte man sich auf einen langen daliegenden Baumstamm und schwatzte, politisierte, erzählte und machte Witze. Der neue Ankömmling machte sich bald bemerkbar und wurde der Mittelpunkt der Gesellschaft, er brachte durch seine mit trockenem Humor vorgetragenen Geschichtchen die Gesellschaft oft so zum Lachen, daß die Hälfte vom Baumstamme herunterfiel. Lange noch, nachdem er fort war, dachte man an den gemütlichen Fremdling, und der Baumstamm behielt den Namen Abe's log, solange er dagelegen hat.

Noch ein besonderer Vorfall passierte in jener Zeit, der noch mehr dazu diente, das Andenken an die Gestalt des langen Fremdlings lebendig zu erhalten. Als das große Boot fertig war, ging man noch daran, ein kleines Kanoe zu bauen, ein sogenanntes dugout, bloß aus einem ausgehöhlten Baumstamme bestehend. Als dasselbe fertig war, sollte es nach dem großen Boote, das weiter stromaufwärts lag, bugsiert werden. Der Fluß war angeschwollen und reißend. Zwei Genossen Lincolns sprangen in den Kahn und stießen ab, fanden aber bald, daß sie unfähig waren, den Kahn der Gewalt des Stromes gegenüber zu regieren. Sie trieben gegen das Wrack eines Flachbootes, das im Flusse stecken geblieben war, das Kanoe schlug um, der eine der beiden Schiffbrüchigen hielt sich krampfhaft an den Balken des Wracks fest, der andre ließ sich bis zu einer Ulme treiben, die mitten im neugewühlten Strombette noch unentwurzelt stand, und es gelang ihm, sich an einem Äste derselben festzuhalten. Lincoln rief dem am Wrack Festhangenden zu, er solle sich gleichfalls nach dem Ulmbaume treiben lassen, und das geschah auch; so hingen jetzt beide in höchst gefährlicher Lage am Äste des Baumes. Lincoln schleppte vom Ufer einen Baumstamm herbei, schlang ein Seil um denselben und rollte ihn in den Strom hinab, um ihn gleichfalls gegen den Baum treiben zu lassen; ein dritter Genosse setzte sich rittlings darauf, und Lincoln ließ von hervorragender Stelle des Ufers aus das Seil behutsam gleiten und dirigierte den Baumstamm gleichfalls auf die Ulme zu, allein der Strom ging in hohen Wogen, der Baumstamm schwankte und glitt seinem Reiter unter den Füßen weg, während derselbe mit den Händen den Äst der Ulme ergriffen hatte. So hingen jetzt drei Menschen halb in der Luft halb im Wasser, und es war Gefahr, daß ihnen bei der Kälte des scharfen Aprilwindes die Finger erstarren und die Kräfte erlahmen würden. Am Ufer hatte sich inzwischen die ganze Bevölkerung des Städtchens versammelt, alle voll Schrecken, alle willig zu helfen, aber alle gleich ratlos. Alle schauten auf Lincoln, der allein Ruhe und Besonnenheit behielt, und gehorchten seinen Befehlen. Der Baumstamm ward wieder heraufgeholt, ein zweites Seil um das andre Ende desselben geschlungen, jetzt setzte sich Lincoln rittlings auf denselben, und abermals ging's auf den Ulmbaum zu, indem die am Ufer Stehenden die Seile nachließen. Lincoln saß und hielt fest, er rettete seine erschöpften Genossen auf den Baumstamm, und derselbe wurde so dirigiert, daß er wie ein Fährboot durch die Gewalt des Wassers selbst ans Ufer getrieben wurde. Drei Menschenleben waren gerettet. Alles war voll Anerkennung für das ruhige, mutige, geschickte Benehmen Lincolns, und als derselbe nach ein paar Tagen mit seinem befrachteten Flachboote davonfuhr, da folgten nicht bloß dem guten Gesellschafter fröhliche Zurufe, sondern es begleitete auch Bewunderung und tiefempfundener Dank den mutigen Lebensretter.

Er kam aber zunächst nicht weit, sondern bald gab's ein Hindernis auf der Fahrt. Als man etliche Meilen weiter unterhalb des Flusses am Städtchen New Salem vorbeifuhr, mußte man über einen Mühldamm hinwegfahren, der in den Fluß hineingebaut war; der Wasserstand war für das schwere Boot nicht hoch genug, und dasselbe blieb auf dem Mühlendamme sitzen. Das Vorderteil ragte in die Luft, das Hinterteil stak im Wasser und füllte sich immer mehr, und es war Gefahr, daß es endlich ganz umschlagen werde. Die Leute aus dem Städtchen rannten ans Ufer, um das Schauspiel zu sehen, vom Schiffe aus schrie und gestikulierte man, vom Ufer schrie und gestikulierte man wieder, „ein jeder schrie und rang die Hand, doch mochte niemand Retter sein." Da sahe man, wie einer von den Bootsleuten, ein großer Kerl, sich um das Schreien der übrigen nicht kümmerte, sondern ruhig, aber eifrig arbeitete. Es war unser Lincoln, der das einfachste Mittel ergriff, um das ins Schiff eindringende Wasser wieder loszuwerden. Pumpen und Schöpfen half nichts, das Wasser drang schneller herein, als es hinausgeschafft werden konnte. Da bohrte er entschlossen ein Loch in den Boden des Bootes, da wo es aus dem Wasser hervorragte, dann wurde so schnell wie möglich die Ladung von hinten nach vorn geschleppt, und es gelang, das Boot zum Kippen zu bringen; das Wasser lief durch das Bohrloch allein ab, und das erleichterte Schiff konnte mit leichterer Mühe über den Damm geschafft werden, nachdem notabene das Bohrloch wieder durch einen Pflock verschlossen war. Alles lachte über den praktischen Einfall, und Mr. Offut, der unter den Zuschauern war, war voll Begeisterung über seinen gescheiten Steuermann und schwur, er wolle ein Dampfboot für den Sangamon River bauen und Abe Lincoln zum Kapitän desselben machen.

Dann galt es, in New Salem eine Herde Schweine an Bord zu nehmen. Dieselben wurden in einen Pferch zusammengetrieben, und eine Brücke ward vom Boote aus nach demselben gelegt; aber die Schweine haben manchmal ihren Kopf für sich, alle Mühe war vergeblich, die störrischen Tiere auf die Brücke zu locken oder zu treiben. Es blieb nichts übrig, der lange Abe mußte in den Pferch hinuntersteigen, rittlings stellte er sich über je eins der Schweine und mit seinen langen, sehnigen Armen umspannte er sie wie mit einem Schraubstocke und trug die quiekenden und strampelnden Borstenträger eins nach dem andern aufs Boot; es waren Kerle von vierhundert Pfund dabei, und die Arbeit war ein Kraftstückchen, das dem gemütlichen Riesen so leicht keiner nachmachte, und das ihm natürlich die gebührende Bewunderung des ganzen Städtchens eintrug.

Die übrige Reise nach New Orleans ging ohne Unfall und ohne Abenteuer von statten. Mit reiferem Blicke als ein paar Jahre zuvor nahm Lincoln die Eindrücke der von buntem Leben bewegten Weltstadt in sich auf. Neben vielem Reizvollen trat ihm auch Abstoßendes entgegen; namentlich kam ihm hier wohl der erste tiefer gehende Eindruck von der Abscheulichkeit der Sklaverei vor die Seele. New Orleans war der Hauptsitz des Sklavenhandels, und auf dem Markte gab es oft Scenen zu sehen, die das Gefühl des geradsinnigen, sich selbst und seine Mitmenschen achtenden jungen Mannes empörten. „Wenn ich dem Dinge einmal eins versetzen kann,“ soll er zu seinem Gefährten gesagt haben, „dann treff' ich's hart.“

---

4. Kapitel.

Lincoln als Kaufmannsdiener.

Mit dem Erfolge der Reise war nach Lincolns Rückkehr sein Auftraggeber Offut so überaus zufrieden, daß er ihn ferner in seinen Diensten zu halten beschloß. Aus dem etwas hochfliegenden Plane des lebhaften Mannes, ein Dampfschiff für den Sangamon River zu bauen und Lincoln zum Kapitän zu machen, wurde wohl nichts, dagegen konnte er ihm die bequemere und bescheidenere Stelle eines Ladendieners, eines storeclerks, wie man hier sagt, anbieten. Er besaß in New Salem einen Kaufladen, der unter der Aufsicht eines früheren Ladendieners schlechte Geschäfte gemacht hatte; durch die Anstellung Lincolns hoffte er dem Geschäfte wieder aufzuhelfen. So vertrauenerweckend war der Eindruck, den Lincoln machte, daß der Mann, der ihm im vorigen Winter als einem wildfremden Menschen begegnet war und ihn in Dienst genommen hatte, von seiner Ehrlichkeit und Zuverlässigkeit völlig überzeugt war. Das Vertrauen ward auch nicht getäuscht, Lincoln arbeitete sich bald in die ungewohnte Beschäftigung hinein, verwaltete seinen Posten mit Aufmerksamkeit und brachte das heruntergekommene Geschäft wieder, soweit es die Verhältnisse zuließen, empor. Freilich besaß er keineswegs die geschmeidige Gewandtheit und geschniegelte Höflichkeit, die in manchem feinen Geschäfte als Tugend von den Ladenjünglingen verlangt wird; dergleichen Eigenschaften waren aber auch unter der schlichten, derben Bevölkerung New Salems nicht nötig, für sie war ein Ladendiener wie Lincoln gerade recht. Fremd war er in die Ortschaft eingetreten, aber es dauerte nicht lange, bis er sich seinen Platz in derselben erworben und die allgemeine Achtung und Zuneigung auf sich gezogen hatte. Vor allem war es seine Ehrlichkeit, die ihm damals schon den ihm für sein ganzes Leben anhaftenden Beinamen "honest Abe" gewann. Die unbedingte Ehrlichkeit zeigte sich natürlich in allen seinen Handlungen; einzelne kleine Vorfälle, in denen sie besonders hervortrat, würden ihren Wert verlieren, wenn sie nicht als ungesuchte Bestätigung der sich überall gleichmäßig bewährenden Handlungsweise angesehen werden dürften. Er konnte den Gedanken nicht ertragen, jemand, sei es auch ohne Absicht, übervorteilt zu haben. Einmal verkaufte er einer Frau Waren, welche beim Zusammenrechnen zwei Dollars und sechs Cents ausmachten. Die Frau bezahlte das Geld und ging fort. Nachher rechnete Abraham noch einmal nach und fand, daß er der Frau aus Versehen sechs Cents zu viel abgenommen hatte. Er wartete bis zum Abend, und nachdem er den Laden geschlossen, machte er sich auf den Weg, ging zwei bis drei Meilen nach dem Hause der Frau, gab ihr das Geld zurück und kehrte mit erleichtertem Gewissen heim. Ein andermal kam, als er gerade des Abends die Ladenthür schließen wollte, noch eine Frau, um ein halbes Pfund Thee zu kaufen. Der Thee ward zugewogen und der Laden geschlossen. Am andern Morgen merkte Abraham beim ersten Blick, daß er gestern abend aus Versehen nur ein Vier-Unzen-Gewicht in die Wagschale gelegt und der Frau ein viertel statt eines halben Pfundes verkauft hatte. Sofort machte er noch vor seinem Frühstücke einen langen Weg, um den Rest des Thees abzuliefern und die Frau um Verzeihung zu bitten.

Während die stilleren Tugenden der Ehrlichkeit und Gutmütigkeit hauptsächlich dazu dienten, ihm die Gunst der Frauen und der älteren Leute zu verschaffen, gehörte in einer Umgebung wie die von New Salem ein Vorzug derberer Natur dazu, ihn in den Augen der jüngeren Welt zu einer Respektsperson ersten Ranges zu machen, das war seine außerordentliche Körperstärke. Einmal war eine Gesellschaft bei einander, in der man die interessante Frage behandelte, ob Branntwein stark mache oder nicht. Die Mehrzahl der Anwesenden war natürlich dafür. Auf der Porch des Ladens lag gerade ein volles Faß Whisky. Es ward ein Preis darauf gesetzt: wer das Faß in die Höhe heben und aus dem Spundloche trinken könne, solle einen Freitrunk haben. Wenige konnten das Faß überhaupt heben, zum Munde führen konnte es keiner. Lincoln ergriff das Faß mit beiden Armen, hob es empor und hielt es so lange an seinen Mund, daß er derweilen ein gutes Quart hätte daraus trinken können, dann setzte er's langsam wieder nieder; er trank nie einen Tropfen Branntwein. Manchmal hatte er Veranlassung, die Überlegenheit seiner Kräfte auch unliebsam geltend zu machen. Einmal kam, während Lincoln gerade zwei Frauen Waren zeigte, ein Raufbold in den Store und begann in beleidigender Weise zu sprechen, fluchte stark und wollte augenscheinlich Skandal hervorrufen. Lincoln bat ihn, ruhig zu sein und sich in Gegenwart der Frauen etwas zu mäßigen. Der Kerl antwortete, jetzt sei einmal die Gelegenheit da, auf die er sich lange gefreut, er wolle doch den sehen, der ihm verbieten könne zu sagen, was er wolle. Lincoln antwortete ihm sehr ruhig, wenn er warten wolle, bis die Damen fort seien, so wolle er gerne hören, was er zu sagen habe, und ihm jede Genugthuung geben, die er wolle. Kaum waren die Frauen fort, so fing der Raufbold an zu wüten und zu schimpfen. Lincoln hörte seine Schimpfereien eine Zeitlang ruhig mit an, und als er dann sah, daß es mit der Geduld allein nicht gehen wolle, sprang er über den Ladentisch und sagte: „Nun, wenn Ihr denn einmal geprügelt sein wollt, kann ich's am Ende ebensogut thun wie ein andrer.“ „Das ist mir gerade recht,“ erwiderte der andre, und hinaus ging's zur Thüre. Bald hatte Lincoln seinen Gegner zur Erde geworfen, mit einer Hand hielt er ihn fest und mit der andern griff er nach einem Büschel Pfefferkraut, Smartweed, das gerade nebenbei wuchs, damit rieb er ihm in aller Gemütlichkeit das Gesicht, bis es ihm in die Augen biß und er jämmerlich heulend um Gnade bat. Sogleich ließ ihn Lincoln los und holte ihm in seiner Gutmütigkeit auch noch Waschwasser, damit er sich den Ätzsaft aus den Augen wasche. Der Mann war kuriert und zahm geworden und ward nachträglich Lincolns aufrichtiger und lebenslänglicher Freund und Bewunderer.

Damals war in der Nähe New Salems eine Gesellschaft lustiger Burschen oder Herumtreiber, die sich die Clary's Grove boys nannten. Manche von ihnen sind nachträglich anständige und einflußreiche Männer geworden, damals waren sie wilde Gesellen, nicht gerade bösartig und gemein, aber roh und ungeschlacht. Körperstärke und Mut war die Tugend, die bei ihnen allein galt. Sie beanspruchten, eine Art sogenannte Regulatoren für die Umgegend zu sein, ein selbstgemachter Gerichtshof, dem es zustehe, jeden zu strafen, der etwas Unrechtes gethan, und jeden zu „ducken", der sich „mausig" machen wollte. Mr. Offut prahlte gerne mit seinem neuen Clerk, wie der am schwersten heben, am weitesten springen und jeden im Ringen werfen könne. Die Clary boys konnten das nicht hingehen lassen, daß in der Umgegend einer sei, der ihnen überlegen wäre, und gingen eine Wette mit Offut ein. Lincoln hatte zwar keine Freude am Herumraufen, konnte es aber, da Offut sich so weit eingelassen, nicht vermeiden, sich zu einem öffentlichen Wettkampfe einzustellen. Die Clary boys schoben ihren Stärksten, einen gewissen J. Armstrong, vor, sich mit Lincoln zu messen. Derselbe fand aber bald, daß er an einen gekommen war, den er nicht so leicht werfen konnte. Als die boys sahen, daß ihr Held im Begriff war, den kürzeren zu ziehen, drängten sie sich nahe heran, stießen Lincoln und hinderten ihn an seinen Bewegungen und brachten es endlich dahin, daß ihm Armstrong ein Bein stellen und ihn zur Erde werfen konnte. Mancher andere würde bei solcher unbilligen Behandlung wütend geworden sein und blind dreingeschlagen haben, Lincoln aber stand gutmütig auf und machte selber Scherze darüber, daß er verloren habe. Der Ärger der boys schlug in Bewunderung um, sie respektierten nicht nur seine Stärke, sondern achteten sein männliches, selbstbeherrschendes Wesen, und sie luden ihn ein, sich ihrem Kreise anzuschließen. So unbedeutend das Ereignis an sich war, war es doch für das spätere Leben Lincolns nicht ohne Einfluß.

Ein Laden in einem Grenzstädtchen war nicht bloß ein Platz, wo man Waren verkauft, sondern in vieler Beziehung ein Mittelpunkt des gesellschaftlichen Lebens, dort wurden alle Vorkommnisse großer und kleiner Art, alle Fragen ernstesten und drolligsten Inhaltes besprochen. Lincolns Talent für das Erzählen von Anekdoten, seine Gabe, alle Fragen mit scharfem Verstande aufzufassen und mit nüchternem, unparteiischem Blicke zu beurteilen, kam hier zu voller Geltung; er ward, was man nennt, eine Hauptperson im Städtchen. Diejenigen, welche einen Menschen nach seiner Körperkraft taxieren, bewunderten ihn, diejenigen, welche begriffen, daß er Verstand hatte, achteten ihn. Er war Richter, Schiedsmann, Unparteiischer in allen Streitigkeiten, Spielen, Wetten, wo Menschen oder Pferde zu thun hatten. Es ist kein Wunder, daß ihm frühzeitig der Gedanke nicht fremd blieb, daß aus ihm wohl ein Führer eines größeren Volkskreises werden könnte. Hat er auch selbstverständlich nicht mit Bestimmtheit sich das Ziel gesetzt, einmal Präsident der Vereinigten Staaten zu werden, so fühlte er doch in sich das Zeug, daß er so gut etwas Bedeutendes werden könne, wie mancher andere auch. Er habe, sagte er zu einem seiner damaligen Freunde, hie und da mit Leuten gesprochen, welche den Namen hätten und beanspruchten, bedeutende Menschen zu sein, aber er habe noch nie finden können, daß sie sich so sehr von anderen Menschen unterschieden. Jedenfalls als Redner, wenn es darauf ankomme, eine Sache, die man verstehe, den Hörern klarzumachen und sie dafür zu gewinnen, glaubte er's mit manchem aufnehmen zu können, der den Namen eines Redners hatte. Ein Kandidat für ein Amt kam nach New Salem und hielt eine Rede, sie fiel nicht besonders aus. Jemand sagte: „Abe kann's besser," eine Box ward umgedreht und Abe daraufgestellt; er hielt unvorbereitet über denselben Gegenstand eine Rede, die selbst den Gegner in Verwunderung setzte. Er fand, daß man auf ihn hörte, daß man seinen Ansichten Gewicht beilegte, und daß seine Freunde von ihm sagten, er sei imstande, irgend einen Platz auszufüllen. Mr. Offut erklärte in seiner excentrischen Weise, Abe sei der gescheiteste Mann in den Vereinigten Staaten und werde sicher noch einmal Präsident werden.

Die Stellung im Laden gab Lincoln auch Zeit, die in den letzten Jahren bewegteren Lebens mehr zurückgedrängte Beschäftigung mit Büchern wieder hervorzuholen. Er las, wessen er habhaft werden und was ihm nützen konnte, Bücher und Zeitungen. Er beteiligte sich auch mit Eifer an Debattierklubs und ging manchmal abends nach Schluß des Geschäfts noch sieben bis acht Meilen zu Fuß, um die Gelegenheit, sich im Reden zu üben, nicht zu versäumen. Um als öffentlicher Redner auftreten zu können, galt es auch, die Sprache nicht bloß mit der Naturgabe eines guten Mundwerks, sondern nach den Regeln der Sprachlehre zu beherrschen. Lincoln wandte sich an den Schulmeister und fragte ihn um Rat. Derselbe empfahl ihm das Studium der englischen Grammatik. Es war kein ordentliches Buch darüber in der ganzen Nachbarschaft zu finden, nur in einer Entfernung von acht Meilen wohnte ein Mann, der ein Exemplar von Kirkhams Grammatik besaß. Sofort machte sich Abraham auf den Weg und borgte das Buch. Wochenlang arbeitete er angestrengt in allen Mußestunden; manche lächelten und schüttelten den Kopf über seinem sonderbaren Studieren, aber er ließ sich nicht irre machen, lernte ernsthaft Paragraph für Paragraph, fragte den Schulmeister, wo er etwas nicht verstand, und lernte nicht bloß auswendig, sondern begriff auch, was er las, so daß er nach Verlauf einiger Wochen zu seinen Freunden sagen konnte: Nun, wenn man das eine Wissenschaft nennt, so kann ich am Ende auch bald mit einer andern anfangen.

Ehe ein Jahr herum war, war Lincoln der populärste Mann in New Salem und Umgegend, der größte und stärkste, der gutmütigste und bescheidenste, der bestunterrichtete und verständigste. Obwohl er erst zweiundzwanzig Jahre alt war, kaum alles in allem zwölf Monate die Schule besucht und nur die Bücher gelesen hatte, die ihm ein günstiger Zufall zugeführt hatte, obwohl er niemals eine öffentliche Rede vor einer größern Versammlung gehalten hatte, konnte er es doch wagen, sich um einen Sitz in der Legislatur des Staates Illinois für sein County Sangamon zu bewerben, ohne daß er hätte befürchten müssen, sich durch zu große Anmaßung lächerlich zu machen. Freilich, was man damals von einem Repräsentanten in der Legislatur verlangte, war ja kaum mehr als ein Verständnis für die Fragen, welche das Interesse der engeren Heimatgegend am nächsten berührten. Damals war für Sangamon County die allbewegende Frage, wie eine Verbindung mit der Außenwelt am besten herzustellen sei. Der Bau einer Eisenbahn war ein kühner Traum, dem sich manche hingaben, der aber wegen der Kosten unausführbar schien. Näher lag der Plan, den Sangamon River bis zu seinem Einflusse in den Illinois River schiffbar zu machen, und diesen Plan befürwortete Lincoln als ausführbar; in der Beurteilung dieser Frage war er so gut oder besser sachverständig als viele andere, und Sachverständnis und Ehrlichkeit sind doch wohl die Haupterfordernisse für einen Volksvertreter, deren Vorhandensein den Mangel auch mancher andern Eigenschaft ersetzen mag. Lincoln ließ ein Zirkular drucken, worin er sich der Bevölkerung als Kandidat ankündigte, ein Schriftstück, das man nicht lesen kann, ohne Respekt zu gewinnen, sowohl wegen der Gesinnung, die sich darin ausspricht, der selbstbewußten Männlichkeit, verbunden mit anspruchsloser Bescheidenheit, als auch wegen der Gewandtheit und Sicherheit, mit der der so wenig Geschulte die Sprache beherrscht.

Was der Erfolg gewesen sein würde, wenn die Bemühungen Lincolns um seine Erwählung ununterbrochen bis zur Volksabstimmung fortgesetzt worden wären, läßt sich nicht sagen; wahrscheinlich wäre er ja doch wohl geschlagen worden, da es ihm im weiteren Kreise über das engere Gebiet seines Städtchens hinaus doch an Bekanntschaften fehlte. Ehe aber die Sache zum Austrage kam, trat ein Ereignis ein, das auch dem Leben Lincolns zunächst eine andere Wendung gab.

5. Kapitel.

Lincoln im Kriege.

Im April 1832 kam ein reitender Bote vom Gouverneur Reynolds durch New Salem und teilte Zirkularschreiben desselben an die Miliz des Staates Illinois aus, in welchem zur Bildung von freiwilligen Kompagnien aufgefordert wurde. Es galt einen alten Gegner abzuwehren, Black Hawk, den Häuptling des Stammes der Sac-Indianer, dessen Feindschaft den Grenzern schon oft fühlbar gewesen war. Noch war bei den Indianern der Gedanke nicht ausgestorben, daß es möglich sei, durch eine große Verbindung vieler Stämme die Weißen wieder zu vertreiben. Black Hawks Krieg ist der letzte der hoffnungslosen Widerstandsversuche der Indianer östlich vom Mississippi. Der ganze Krieg ist weder nach seinen Ursachen noch nach seinem Verlauf ein sehr glorreiches Unternehmen zu nennen und unterscheidet sich in nichts von den zahlreichen andern Indianerkämpfen.

Das Territorium, zu welchem der nördliche Teil des Staates Illinois gehört, war schon im Jahre 1804 von den Vereinigten Staaten den Indianern abgekauft worden, doch war den Indianern erlaubt worden, das

Land so lange zu gebrauchen, um darauf zu jagen und Korn zu pflanzen, bis es von den Ver. Staaten vermessen und der Ansiedlung übergeben sein würde. Lange aber, bevor dies geschehen, waren vereinzelte Ansiedler, sogenannte Squatters, vorgedrungen und hatten versucht, die Indianer über den Mississippi zurückzudrängen; namentlich waren die Weißen begehrlich nach den fruchtbaren Ländereien am untern Laufe des Fox Rivers, wo der alte Begräbnisplatz der Sac-Indianer lag und wo sie jährlich ihr Korn zu pflanzen pflegten. Zahlreiche Zusammenstöße und grausame Handlungen von beiden Seiten waren dabei schon vorgefallen. Obgleich die Linie der für Ansiedlungen vermessenen Ländereien noch fünfzig Meilen weiter östlich zurücklag, setzten die Weißen es durch, daß auch das Gebiet an der Mündung des Fox Rivers vermessen ward. Hierin sah Black Hawk eine Überschreitung des Vertrags und begann den Krieg; er rechnete darauf, daß die übrigen nördlichen Stämme, der Winnebagos, Ottawas, Chippewas u. a. ihm zu Hilfe kommen, die Engländer ihm Waffen und Kriegsvorräte liefern würden, wenn er einen Einfall in das Gebiet der Weißen machen werde. Mit fünfhundert Kriegern drang er in Illinois ein, Verwüstung und Schrecken um sich her verbreitend. Der Befehlshaber der Bundestruppen, General Atkinson, erbat sich vom Gouverneur Reynolds die Hilfe der Miliz, und so kam der Bote desselben auch nach New Salem.

Um diese Zeit hatte Mr. Offut, Lincolns Prinzipal, durch unkluge Landspekulationen Bankerott gemacht, der Laden mußte geschlossen werden, und Lincoln war außer Stellung. Dieser Umstand sowohl wie seine

Thatenlust veranlaßten ihn, sich als Freiwilliger zu melden. Es war keine Zeit zu verlieren. Die Freiwilligen von Sangamon County wurden nach Beardstown, vierzig Meilen von New Salem, beordert, wo Waffen und Pferde ihrer warteten. Unterwegs ordneten sie sich zu einer Kompagnie und wählten sich einen Kapitän. Der Hauptbewerber um diese Würde war ein wohlhabender Holzhändler Kirkpatrick, für den Lincoln einst gearbeitet hatte, und von dem er schnöde behandelt worden war. Jetzt kam Lincoln seine Popularität unter den Clary boys zu Hilfe. Sie veranlaßten ihn, sich als Mitbewerber aufzustellen. Die Wahl ging in sehr einfacher Weise vor sich. Die Kandidaten stellten sich jeder an einen besondern Platz, und derjenige, um den sich die meisten herumstellten, war der Erwählte. Drei Viertel der Mannschaft scharte sich um Lincoln, und als Kirkpatricks Leute dies sahen, gingen sie gleichfalls zu Lincoln über und ließen Kirkpatrick allein stehen. Zu seiner eigenen Überraschung, wie er später in einer selbstverfaßten Lebensbeschreibung erzählt, wurde Lincoln einstimmig erwählt, und er fügte hinzu, daß ihm kaum ein zweiter Erfolg in seinem Leben so viel Befriedigung gewährt habe wie dieser.

Lincoln war natürlich kein geübter Kriegsmann und mußte das Kommandieren erst lernen, hat auch Fehler genug gemacht; es war auch keine leichte Aufgabe, aus einem solchen Haufen, wie er ihn um sich hatte, eine tüchtige Kompagnie heranzubilden. Die Leute waren mutig genug und auch im Gebrauch der Waffen nicht ungeübt, sie waren willig genug, die Indianer hinauszutreiben, aber von strikter Ordnung und Gehorsam hielten sie nicht viel. Einmal hatten sie sich ohne Lincolns Wissen eine Quantität Whisky erbeutet, und als sie am nächsten Morgen zum Marsch antreten sollten, waren sie unfähig zu marschieren. Lincoln wurde dafür zeitweilig mit Verlust seines Degens bestraft und mußte zwei Tage lang einen hölzernen Säbel tragen. Allmählich aber überwand Lincoln die Schwierigkeiten und gewöhnte seine Leute an strenge Disziplin. Seine Stärke und unermüdliche Ausdauer erntete ihm Bewunderung, seine Bereitwilligkeit, alle Beschwerden und Entbehrung mit den gemeinen Soldaten zu teilen, erwarb ihm die Zuneigung, seine unerschöpfliche Munterkeit, mit der er die Eintönigkeit der Märsche belebte, ihre Dankbarkeit; sie gehorchten ihm, weil sie ihn liebten. Einmal kam ein armer, hilfloser Indianer, der sich verlaufen hatte, ins Lager. Lincolns Leute wollten ihn natürlich sogleich totschlagen; mit Gefahr seines Lebens rettete ihn Lincoln und wies die zuchtlose Wut seiner Leute in Schranken.

Es sind in dem ganzen Kriege keine besondern Großthaten verrichtet worden. Als die Miliz sich mit dem Bundesmilitär geeinigt hätte, wäre das Heer stark genug gewesen, die Banden Black Hawks aufzureiben, wenn man es verstanden hätte, den geriebenen Krieger zum Stehen zu bringen; allein das glückte nicht. Überall, wo man hinkam, war Black Hawk eben dagewesen, man fand verbrannte Häuser, geschlachtete Tiere, skalpierte Menschen, aber nur ausnahmsweise fechtende Indianer; der Feldzug glich mehr einer ermüdenden Jagd. Solcher Kriegführung wurden die Milizsoldaten müde, und als die zwei Monate um waren, für die sie sich zum Dienste verpflichtet hatten, begehrten sie nach Hause entlassen zu werden. Man mußte sie gehen lassen; da jedoch die Gefahr noch nicht vorüber war, wurden neue Freiwillige aufgeboten, und aus denen, welche zur Entlassung berechtigt waren, aber sich zu bleiben entschlossen, wurde ein neues Regiment gebildet, das zu einer Art Garderegiment erhoben ward und sich einer bevorzugten Stellung erfreute und hauptsächlich zu Kundschafterdiensten verwendet wurde. Lincoln verlor natürlich beim Eintritt in die neue Kompagnie seine Kapitänswürde und diente als Gemeiner, wie überhaupt die neue Kompagnie zum guten Teil aus früheren Majors, Colonels, Kapitäns &c. bestand.

Es folgte nun noch ein weiterer Monat der Hetzjagd, endlich wurden die Indianer am Wisconsin-Flusse eingeholt, im Sturmschritte angegriffen und zersprengt, achtundsechzig Krieger wurden getötet und Black Hawk samt dem Reste gefangen genommen. Bei dieser letzten Affaire aber war Lincoln gerade nicht gegenwärtig.

Lincoln hat von seinen Thaten in diesem Kriege nie groß Aufheben gemacht und nur gesagt, daß dieser Feldzug ein interessanter Abschnitt in seinem Leben gewesen sei. Später in seinem Leben, als er Repräsentant im Kongreß und General Caß demokratischer Kandidat für das Präsidentenamt war, hat er in humoristischer Rede die Anspielung auf diesen Krieg benutzt, um dem gegnerischen Kandidaten etwas von dem Glorienscheine zu nehmen, mit dem die Anhänger desselben ihn als Kriegshelden zu umgeben versuchten: „Apropos," sagte er da, „wissen Sie, daß ich auch ein Held bin? Jawohl. In den Tagen des Kriegs gegen Black Hawk habe ich gefochten, geblutet und mich gedrückt. Durch die Erwähnung der Laufbahn des General Caß werde ich an meine eigene erinnert. Ich war nicht bei ‚Hillmans Niederlage‘ zugegen, aber bei ‚Halls Übergabe‘ war ich fast ebenso nahe dabei wie General Caß und habe die Stelle bald nachher gesehen. Es ist wahr, daß ich nicht mein Schwert zerbrochen habe, denn ich hatte eben keins zu zerbrechen, aber meine Muskete habe ich einmal arg verbogen. Wenn General Caß mich im Aufsuchen nach Heidelbeeren übertroffen haben mag, so habe ich ihn sicherlich auf der Jagd nach wilden Zwiebeln überboten. Wenn er lebendige Indianer kämpfen gesehen hat, so war es mehr, als ich gethan habe, aber ich hatte sehr viel blutige Kämpfe mit den Mosquitos, und obgleich ich nie von Blutverlust ohnmächtig geworden bin, so kann ich versichern, daß ich sehr oft hungrig war. Wenn ich jemals Demokrat werden und von der demokratischen Partei als Präsidentschaftskandidat aufgestellt werden sollte, so hoffe ich, daß man nicht versuchen wird, einen Helden aus mir zu machen, so wenig als man's mit General Caß jetzt versuchen sollte."

---

6. Kapitel.

Die Übergangszeit.

Im August 1832 kehrte Lincoln mit seinen Kriegsgefährten in die Heimat zurück. Es war nur noch zehn Tage vor der Wahl zur Legislatur; obwohl er während des Sommers nichts hatte thun können, seine Erwählung zu betreiben, wurde er doch durch seine

Freunde dazu bestimmt, seine Kandidatur aufrecht zu erhalten. Er wurde in der Wahl geschlagen, das einzige Mal in seinem Leben, wo ihm dies begegnet ist, aber in einer für ihn durchaus ehrenvollen Weise. Lincoln gehörte seiner politischen Richtung nach zu der damals noch schwach vertretenen Partei der Whigs, aus welcher später die republikanische Partei hervorgegangen ist; sein ganzes County war fast durchgängig demokratisch, trotzdem erhielt er beinahe alle Stimmen seines Wahlkreises: von 290 abgegebenen Stimmen erhielt er 277, ein Zeichen seiner allgemeinen Beliebtheit unter denen, die ihn kannten. Daß er außerhalb seines Wahlkreises als unbekannter junger Mann nicht die nötige Stimmenzahl erhalten konnte, war nicht zu verwundern.

Es galt jetzt für Lincoln, sich nach einer neuen Beschäftigung, nach Mitteln für weitere Existenz umzusehen. Eine Zeit lang ging er mit dem Gedanken um, das Schmiedehandwerk zu lernen, wozu seine Stärke und seine Geschicklichkeit ihm zu statten gekommen wären; aber wohl hauptsächlich die Erwägung hat ihn davon abgehalten, daß er bei diesem Geschäft seiner Neigung zum Lesen und zum regeren Verkehr mit Menschen wenig genügen könne. Da bot sich ihm Gelegenheit, wieder zum Kaufmannsgeschäft zurückzukehren, zu dem ihn Neigung hinzog. Einem von den drei Kaufleuten New Salems, der sich irgendwie mißliebig gemacht hatte, wurden von den Clary boys die Fenster eingeworfen, er war darüber mißmutig und beschloß, sein Geschäft billig zu verkaufen. Lincoln verband sich mit einem Partner, einem gewissen Berry, und da die Gelegenheit sich darbot, so kauften die beiden in kurzer Zeit alle drei Kaufläden des Städtchens aus, natürlich auf Kredit, und Lincoln lud sich dadurch eine Schuld auf, seine National-schuld, wie er sie nannte, die ihn lange genug gedrückt hat.

Die Firma Berry und Lincoln hat etwa zwei Jahre bestanden und im ganzen herzlich schlechte Geschäfte gemacht, nicht ohne Schuld der beiden Teilhaber. Berry war ein gescheiter Mann, aber liederlich, ein Trinker und Spieler, und Lincoln war zwar solid, aber kein Geschäftsmann; seine Gedanken waren doch meist auf andere Dinge gerichtet, das Bücherlesen ging ihm übers Geschäft, er las gute Bücher, Shakespeare und Burns waren seine Lieblingsschriftsteller, aber vielleicht wäre doch die Lektüre des Kontobuchs manchmal nützlicher gewesen.

In dieser Zeit wurde er auch zum Postmeister ernannt. Das Amt war zu gering, um einen politischen Wert zu haben, und niemand machte es ihm streitig. Einkünfte brachte das Ämtchen herzlich wenig, aber eine willkommene Nebenbeschäftigung; es gab Gelegenheit, alle Zeitungen umsonst zu lesen, die in der Nachbarschaft gehalten wurden, für Lincoln eine Quelle unaufhörlichen Vergnügens. Desgleichen gab's Gelegenheit zu mancher nachbarlichen Plauderei. Meistens machte er sich das Vergnügen, die wenigen Briefe, die angekommen waren, selber auszutragen, und um nicht durch sein Postamt ans Haus gebunden zu sein, machte er seinen Hut zum Briefkasten; wenn jemand, der einen Brief erwartete, den Postmeister sah, hatte er auch gleich das Postamt gefunden und brauchte bloß zu fragen: Halloh, Abe, no letter for me?

Wahrscheinlich ist noch zu Lincolns Zeit das Postamt aus dem aussterbenden Städtchen New Salem nach Petersburg verlegt worden, es hatte bei der Abgabe des Amts keine abschließende Rechnungsablage stattgefunden. Etliche Jahre später, als Lincoln schon Advokat in Springfield und Mitglied der Legislatur war, wurde er noch einmal an seine Postmeisterpflicht erinnert. Er saß mit seinem Kollegen in seiner Amtsstube, da kam ein Postbeamter herein und überreichte ein Schreiben des Oberpostamts: „Mr. Lincoln, wir haben noch eine kleine Forderung an Sie." Lincoln las das Schreiben durch, und sein Kollege glaubte eine Röte der Verlegenheit auf seinem Gesichte zu lesen; er sagte ihm deswegen: „Lincoln, wenn Sie Geld nötig haben, kann ich's Ihnen geben." Aber Lincoln stand auf und holte aus seinem Bücherkasten eine alte Schachtel. „Wieviel macht die Rechnung?" fragte er den Postbeamten. „Siebzehn Dollars fünfundfünfzig Cents," war die Antwort. Lincoln nahm aus der Schachtel ein kleines Paket, in einen Lappen gewickelt, heraus und zählte $17.55 auf den Tisch. „So, das stimmt." Als der Agent hinaus war, bemerkte er sehr ruhig, er habe noch nie eines Menschen Geld außer seinem eigenen gebraucht. Obgleich die Summe jahrelang in seinen Händen war, und obgleich gerade diese Jahre ihm Versuchung genug gebracht hatten, war er doch seinem Grundsatze getreu geblieben.

Das Postämtchen in New Salem also brachte manche erwünschte Gelegenheit, mit der Bevölkerung der Umgegend bekannter und vertrauter zu werden, aber Einkünfte, davon zu leben, brachte es nicht; New Salem war geschäftlich ein verlorner Platz, und das Ladengeschäft ging zum Teil mit Schuld, größtenteils aber ohne Schuld Lincolns stufenweise „hinter sich.“ Während der Sommermonate, wo die umwohnenden Farmer auf dem Felde beschäftigt waren und kein Mensch ins Städtchen kam, gab's Muße genug zum Lesen, und nicht bloß Zeitungen wurden gelesen, sondern auch Englands große Dichterwerke, und nicht bloß Dichterwerke, sondern auch Gesetzbücher. Lincoln machte sich ans Studium der Rechtsgelehrsamkeit. Durch Zufall kam eines der besten Werke zur Erlernung der Rechtskunde in seine Hand. Er erzählt: „Eines Tages kam ein ‚Mover‘ vor meinen Store, der nach dem Westen ziehen wollte, sein Wagen beladen mit seiner Familie und mit seinem Hausrate. Er fragte mich, ob ich ihm ein altes Faß abkaufen wollte, für das er auf seinem Wagen nicht recht Platz hatte, und das nichts wie alten Plunder enthielt. Ich brauchte es nicht, und mehr nur, um dem Manne eine Unterstützung zukommen zu lassen, bezahlte ich ihm einen halben Dollar dafür. Ohne den Inhalt weiter zu untersuchen, stellte ich das Faß in eine Ecke. Nach etlicher Zeit leerte ich's einmal auf den Boden aus, um zu sehen, was eigentlich alles drin stecke. Ich fand unter manchem wertlosen Gerümpel eine vollständige Ausgabe von Blackstone's Commentaries. Ich begann, das berühmte Werk zu lesen, Zeit genug hatte ich dazu, und je mehr ich las, desto mehr gewann ich Interesse dafür; nie in meinem Leben war meine Aufmerksamkeit so völlig dahingenommen, ich verschlang förmlich das Buch.“

Indes so wohl sich Lincoln bei seinem Studium befinden mochte, davon konnte er nicht leben, und dem

Geschäft wurde dadurch nicht aufgeholfen, es ging immer mehr rückwärts. Lincoln war genötigt, sich hie und da etwas andere Arbeit aufzusuchen, um eine Kleinigkeit zu verdienen: er half in anderen Stores, arbeitete in der Mühle, spaltete Fenzriegel; gern wurde er von den Bewohnern und Nachbarn New Salems unterstützt und zur Aushilfe herangezogen, aber ein gesichertes Einkommen gewann er dadurch nicht.

Da bot sich ihm eine hochwillkommene Gelegenheit dar, Feldmesser zu werden. Die dreißiger Jahre waren für den Staat Illinois seine eigentliche Geburtszeit. Der Strom der Einwanderung lenkte sich hierher. Tausende von Farmen waren auszumessen, Grenzsteine zu setzen, auf dem Papier geplante Zukunftsstädte in Bauplätze auszulegen, Meilen von Straßen durch Wald-, Sumpf- und Prairieland zu führen. Für das County Sangamon war der amtlich bestellte Vermesser (Surveyor) John Calhoun, derselbe konnte seine Arbeit nicht allein bewältigen und brauchte Hilfsarbeiter. Er ließ Lincoln, von dem er als von einem gescheiten und zuverlässigen jungen Manne gehört hatte, eine Stellung als deputy surveyor anbieten. Lincoln war verwundert, daß ein demokratischer Beamter ihm, dem geschlagenen Kandidaten der Whigpartei, solchen Posten anbieten ließ, er suchte Calhoun in Springfield auf, dankte ihm für sein Vertrauen, erklärte aber zugleich, daß er das Amt nur annehmen könne, wenn keine Verpflichtung politischer Art damit verbunden sei, und wenn er seine politische Meinung so frei äußern dürfe wie vorher. Calhoun war ein verständiger Mann und beruhigte ihn darüber, und so blieb nur noch die eine Schwierigkeit zu beseitigen: Lincoln verstand noch gar nichts von der Feldmeßkunst. Aber auch dem ließ sich ja abhelfen. Calhoun gab ihm Zeit und gab ihm Bücher zum Studieren mit, und mit einem rastlosen Eifer machte sich Lincoln nun an die Arbeit, saß bis in die Nacht hinein und lernte und ruhte nicht, bis er das Gelernte auch gründlich verstand. In sechs Wochen eignete er sich ein Gebiet des Wissens an, zu dessen Bewältigung andere gewöhnlich mindestens ebensoviel Monate gebrauchen, und mit gutem Gewissen konnte er sich bei dem erstaunten Calhoun melden: „Ich bin fertig zur Arbeit.“

Die Arbeit verschaffte ihm ein genügendes Auskommen, er verdiente wohl durchschnittlich drei Dollars den Tag dabei, und was noch wertvoller für ihn war, sie verschaffte ihm Bekanntschaften. Seine Vermessungen erwiesen sich überall als zuverlässig korrekt. Manche Vermessungsarbeit war liederlich gemacht, mannigfache Grenzstreitigkeiten gab es zwischen den Farmern, die Entscheidungen Lincolns in solchen Fällen wurden als zuverlässig und unparteiisch angenommen. Seine erste Meßkette soll eine lange Weinrebe gewesen sein, jedenfalls aber lag das unvollkommene Gerät in geschickter Hand. Lincoln wurde über die Grenzen seines Counties hinaus eine Vertrauensperson, respektiert als ein junger Mann, dem es gelungen, sich auf ehrenvolle Weise zu einer geachteten und lohnenden Stellung emporzuschwingen.

Während aber Lincoln mit einem Fuße wieder festen Boden gewann, ging das Ladengeschäft, aus dem er sich noch nicht hatte herausziehen können, nun vollends zu Grunde. Die Warenvorräte gingen zu Ende, die zahlreichen Schuldscheine an Geschäftsleute wurden fällig und kein Geld war da, sie zu bezahlen. Gern ergriffen Berry und Lincoln die Gelegenheit, ihr Geschäft, wenn auch nur gegen Kredit, zu verkaufen; aber die neuen Käufer, welche die Schulden übernommen hatten, „verdufteten“, als der Verfalltag herankam, Berry ward tot aufgefunden, und die ganze Schuldenlast lag allein auf Lincolns Schultern. Es war damals nur zu gewöhnlich, daß Schuldner, die sich zu viel aufgeladen hatten, eben wie Lincolns Käufer, sich aus dem Staube machten. Nicht so Lincoln, er blieb in der Mitte der Leute, denen er schuldete, wohnen, ging zu ihnen hin und versprach, sie zu bezahlen, sobald er könne, wenn sie ihm Zeit dazu gönnen wollten.

Fünfzehn Jahre lang hat Lincoln an dieser Schuld redlich getragen. „Diese Schuld,“ äußerte er einst zu einem Freunde, „ist das größte Hindernis gewesen, mit dem ich zu kämpfen gehabt habe. Ich hatte keine Gelegenheit und verstand nicht zu spekulieren und konnte allein durch Arbeit Geld verdienen. Durch Arbeit aber elfhundert Dollars über den Lebensunterhalt hinaus zu verdienen, schien eine Aufgabe zu werden, die die ganze Lebenszeit ausfüllte; es blieb aber nichts übrig, ich ging zu den Gläubigern und versprach ihnen, wenn sie mir Zeit ließen, so wollte ich alles, was ich erübrigen würde, ihnen abbezahlen, so schnell ich könnte.“

Mit einer Ausnahme waren die Gläubiger alle nachsichtig. Einer ließ ihm Sattel und Pferd und Vermessungsinstrumente verkaufen, und Lincoln wäre hilflos gewesen, wenn nicht ein Freund sich seiner angenommen, die Gegenstände auf der Auktion gekauft und sie dann Lincoln gegen seine Schuldverschreibung zurückgegeben hätte. Niemand, der Lincoln geborgt, hat's zu bereuen gehabt, denn mit Gewissenhaftigkeit hat er eine Schuld nach der andern mit Zinsen bei Heller und Pfennig zurückbezahlt.

---

7. Kapitel.

Der Eintritt in die Öffentlichkeit.

Die Thätigkeit als Feldmesser hatte Lincoln einen ausgedehnteren Kreis von Bekanntschaften verschafft, ihm zu einer allgemeineren Beliebtheit verholfen; mit größerer Zuversichtlichkeit konnte er sich jetzt um die Stelle eines Abgeordneten in der Legislatur seines Staates bewerben. Für die Zeit der Wahlcampagne schaffte er sich ein Reitpferd an und bereiste seinen Distrikt, benutzte Gelegenheiten, wo er eine größere Anzahl von Leuten beisammen finden konnte, wie öffentliche Versteigerungen u. dgl., hielt öffentliche Reden, die sich weniger durch Kunst als durch sachgemäße Verständigkeit und Geradheit auszeichneten, hielt sich auch nicht für zu vornehm, hier und da den Beifall seiner Wähler durch Proben seiner Körperstärke zu gewinnen, indem er zeigte, wieviel er heben oder was für einen Schnitt er mit der Sense thun konnte, und indem er je und dann einen besten Ringer im Ringkampfe auf den Rücken legte. Das Resultat der Bewerbung war, daß er im Herbst 1834 mit nahezu der größten Majorität in die Legislatur gewählt ward. Nach der Wahlcampagne verkaufte er sein Pferd wieder und schaffte sich Feldmessergerät an, und als die Zeit des Zusammentritts für die Legislatur kam, legte er seine Bücher beiseite, hängte sich den Ranzen um und wanderte zu Fuß nach der etwa hundert Meilen entfernten damaligen Staatshauptstadt Vandalia.

Die Verhandlungen der gesetzgebenden Versammlung, der Lincoln als eines der jüngsten Mitglieder beiwohnte, sind nicht von allgemeinem Interesse. Lincoln beteiligte sich daran mit Ernst und mit Eifer, er fehlte nie an seinem Platze und erfüllte alle ihm aufgetragenen Pflichten; das Reden überließ er älteren und erfahrenen Männern, er redete wenig und lernte viel. Als Mitglied des Komitees für Staatsrechnungen und Ausgaben zeigte er sich aufmerksam und gewissenhaft.

Folgenreich war insonderheit für ihn die Erneuerung der Bekanntschaft mit Major Stuart, mit dem er schon in Black Hawks Kriege zusammengetroffen war. Derselbe hatte sich in Springfield als Advokat niedergelassen und hatte daselbst eine ausgedehnte Praxis. Stuart gewann eine sehr günstige Meinung von Lincoln und gab ihm den Rat, das Studium der Rechte, das er bisher aus Liebhaberei betrieben, zu seinem Berufsstudium zu machen und sich zum Advokatenstande vorzubereiten. Lincoln erwiderte, er sei zu arm, um sich die nötigen Bücher anzuschaffen, oder an einem Orte zu wohnen, wo er dieselben leihen könne. Stuart erbot sich, ihm alle Bücher zu leihen, die er brauchen würde, und Lincoln nahm mit Dank und Eifer das Anerbieten an. Nach Beendigung der Legislatursitzung ging er wieder zu Fuße nach Hause zurück und setzte seine Doppelbeschäftigung mit der Feldmesserei und der Jurisprudenz fort. Er wanderte nach Springfield und holte sich eine „Last“ Bücher; wenn er sie im Kopfe hatte, trug er sie unterm Arme zurück, um sich neuen Vorrat zu holen. Er studierte, solange er Brot hatte, und machte sich dann wieder an die Feldmesserei, um neuen Lebensunterhalt zu verdienen. Wochenlang saß er Tag für Tag unter einem Eichbaume auf einem Hügel vor New Salem und studierte, mit dem Schatten sich allmählich um den Baum herumdrehend. Er war so vertieft in seine Bücher, daß ihn manche für geistesabwesend hielten.

So gingen abermals zwei Jahre des Stilllebens für Lincoln hin. Im Jahre 1836 wurde Lincoln abermals in die Legislatur gewählt. Die aus neun Mitgliedern bestehende Delegation von Sangamon County war wegen der Körperlänge ihrer Mitglieder so bemerkenswert, daß sie spottweise „die langen Neune“ genannt wurden, nicht einer war unter sechs Fuß groß, Lincoln aber überragte sie alle. Eine für die Zukunft des Staates einflußreiche Bestimmung, welche die Legislatur in dieser Sitzung traf, war die Verlegung des Regierungssitzes von Vandalia nach Springfield, eine Maßregel, die den Mitgliedern von Sangamon selbstverständlich in ihrer Heimat große Popularität eintrug.

Bemerkenswert ist die Sitzung auch noch, weil in derselben Lincoln zum erstenmale Veranlassung fand, seine Stellung in der Sklavereifrage öffentlich kundzugeben. Die Sklaverei selbst war ja vom Boden des Staates Illinois gesetzlich ausgeschlossen, aber die Bewohner von Illinois waren ja großenteils aus den benachbarten Südstaaten eingewandert, und die öffentliche

Stimmung war der Sklaverei und der „ungeschmälerten Ausübung der verfassungsmäßigen Rechte der Sklavenhalter“ günstig, weil man vor allem mit den sklavenhaltenden Nachbarstaaten in Frieden zu leben wünschte. Die Partei der „Abolitionisten“, welche die Sklaverei ganz und gar abgeschafft haben wollten, hatte damals noch sehr wenig Einfluß, und ihre Anhänger waren als überspannte Menschen und Störenfriede gehaßt und verachtet. So wurden auch in jener Legislaturversammlung eine Reihe von Beschlüssen gefaßt, welche sich zu Gunsten der Sklaverei aussprachen. Allerdings hatten mehrere dagegen gestimmt, die meisten Mitglieder der Minorität aber fügten sich der Majorität, und nur zwei Männer, Stone und Lincoln, fühlten sich gedrungen, einen Protest gegen jene Beschlüsse zu Protokoll zu geben: „Wenn auch,“ erklärten sie, „der Kongreß kein Recht hat, in die Sklavereiverhältnisse der Einzelstaaten einzugreifen, und wenn auch die Verkündigung abolitionistischer Lehren eher eine Vermehrung als eine Verminderung der Übel der Sklaverei bewirkt, so beruht doch die Sklaverei sowohl auf Ungerechtigkeit wie auf falscher Politik, und der Kongreß der Ver. Staaten hat das Recht, die Sklaverei in dem seiner eignen Kontrolle unterworfenen Distrikt Columbia aufzuheben.“ Man sieht, Lincoln war durchaus kein Abolitionist; die Abolitionisten wollten die Sklaverei abgeschafft wissen auf die Gefahr hin, die Union zu zerreißen, sie wollten in die verbrieften Rechte der einzelnen Staaten gewaltsam eingreifen, sie wollten einen Rechtsbruch, um damit schließlich ein gutes Endziel zu erreichen, sie wollten etwas Gutes thun mit schlechtem Mittel. Lincoln wollte die Staaten, in welchen die Konstitution die Sklaverei als zu Recht bestehend anerkannte, in ihrem Rechte nicht beeinträchtigen, — aber er wollte ihnen auch nicht mehr einräumen, als ihnen verfassungsmäßig zukam, und auf einem Gebiete, wo nicht sie, sondern das Gesamtvolk durch seine Vertreter im Kongresse die gesetzmäßige Herrschaft habe, soll auch nicht ihr Wille, sondern der Wille des Gesamtvolkes maßgebend sein. Diese Stellung hat Lincoln immer innegehalten, und in diesem unscheinbaren und wenig beachteten Proteste, den er damals gemeinsam mit J. Stone aufsetzte, sind schon die Grundsätze vorgezeichnet, für die er später als Führer seines Volkes in den Kampf getreten ist, in einen Kampf, dessen Errungenschaften die Befreiung von vier Millionen Menschen aus der Sklaverei und die Wiederherstellung unserer nationalen Größe und Ehre werden sollten.

Mittlerweile hatte Lincoln nichts erworben. Er war 1836, wie zwei Jahre vorher, seine hundert Meilen nach Vandalia zu Fuße gewandert und nach Beendigung der Sitzung auf dieselbe Weise nach Hause zurückgekehrt. Anspruchslos und munter marschierten die langen Neune dahin, die meisten zu Pferde, Lincoln zu Fuß, und verkürzten sich den beschwerlichen Weg bei rauhem Wetter durch gutmütigen Scherz. Als Lincoln bemerkte, daß ihn friere, antwortete einer: „Kein Wunder, wenn man so ein groß Stück seines Körpers auf den kalten Erdboden setzt,“ und keiner lachte herzlicher über den auf seine großen Füße stichelnden Scherz, als Lincoln selbst.

8. Kapitel.

Lincoln als Advokat.

Die bisherige Lebensperiode Lincolns kann gewissermaßen als die Zeit der Aussaat und der Vorbereitung angesehen werden. Fallen auch in dieselbe schon die zum Teil verunglückten Versuche, eine selbständige und einträgliche Lebensstellung einzunehmen, und hat er auch als Mitglied der Legislatur schon eine hervorragende Stellung gewonnen, so war doch seine Thätigkeit bisher vorwiegend auf seine persönliche Ausbildung gerichtet; rastlos emporsteigend hat er sich selbst fortwährend in die Lehre genommen und hat einen Lehrgegenstand nach dem andern bemeistert, es ist Lehrzeit für ihn gewesen. Natürlich hat die Lehrzeit auch in seinem spätern Leben für ihn nicht aufgehört, — ein strebsamer Mensch hört nie auf zu lernen, — aber es tritt doch von nun an das Ernten und das Anwenden des Gelernten im praktischen Leben in den Vordergrund.

Sein Freund, Major Stuart in Springfield, machte Lincoln den Vorschlag, er möge sich als Geschäftsteilhaber in der Advokatenpraxis mit ihm verbinden. Das war für Lincoln eine große Erleichterung in der Erfüllung seines Lieblingswunsches; er bestand die Advokatenprüfung und machte sich mit dem ernsten Entschlusse, Tüchtiges zu leisten, ans Werk. Mit Mißtrauen gegen sich selbst und mit manchen Besorgnissen wegen der Zukunft schlug er seinen neuen Wohnsitz in Springfield auf, doch seine Besorgnisse erfüllten sich nicht; Springfield ward seine bleibende Heimat, und die Bahn des Berufslebens ebnete sich vor ihm. Die Geschäftsverbindung mit Stuart dauerte nicht lange, da dieser in den Kongreß gewählt wurde; an Statt derselben trat eine andere mit T. S. Logan, einem der geschicktesten Advokaten Springfields.

Es dauerte nicht lange, so wurde Lincoln einer der gesuchtesten und namhaftesten Rechtsanwälte. Seine Praxis gestattete ihm nicht, sich ungestört in Springfield aufzuhalten, sondern nötigte ihn zu mannigfachen Reisen oder Landfahrten. Für die Rechtspflege ist ja der Staat in Bezirke eingeteilt, davon jeder aus mehreren Counties besteht. In seinem Bezirke hat der Richter jährlich die Rundreise von einem Countysitz zum andern zu machen, und da in jener Zeit noch nicht in jedem County Advokaten genug waren, so machten gewöhnlich sämtliche angesehene Rechtsanwälte des Bezirks die Rundreise mit. Waren in einem County die Gerichtsgeschäfte beendigt, so bestiegen Richter und Advokaten ihre Pferde oder Buggies und begaben sich zum Sitz des nächsten Countys. Das gab eine bewegte und oft beschwerliche Lebensweise in nicht immer erfreulich und veredelnd wirkender Umgebung. Das Herumfahren auf den Landstraßen, das Einkehren in den Farmhäusern am Wege, das Logieren in den Gasthöfen brachte die mannigfaltigsten Erfahrungen und Stoff zu einer Fülle von Geschichten, in deren Erzählung Lincoln Meister war. War er als Gesellschafter wegen seiner Gutmütigkeit und seines unerschöpflichen Humors beliebt, so erwarb er sich durch seine Prozeßführungen den größten Ruf beim Publikum. Auch seine Reden vor Gericht zeichneten sich weniger durch Feuer und Lebhaftigkeit oder künstlerischen Wohllaut aus, als vielmehr durch lichtvolle Verständlichkeit. Die Rechtsfälle, die ihm vorgelegt wurden, studierte er mit großer Gründlichkeit und in der Regel mit so günstigem Erfolge, daß das Publikum ihn über alle andern Rechtsanwälte setzte, so daß seine Hilfe fast in jedem wichtigeren Rechtsstreite, der im Bezirke vorkam, von der einen oder der andern Partei in Anspruch genommen ward.

Er hielt seine Beredsamkeit nicht feil, um auch das Unrecht zu verteidigen, sondern er nahm ein persönliches Interesse an der Herstellung des Rechts. Kam jemand zu ihm, um zu prozessieren, so ließ er sich die Klagesache eingehend erzählen, fand er die Sache gerecht, so übernahm er sie und führte sie unverdrossen zu Ende; wo nicht, so gab er dem Kläger den Rat, sich Zeit, Geld und Verdruß zu ersparen, und wollte nichts damit zu thun haben. Zu wiederholten Malen lehnte er hohe Honorare ab, die ihm für die Verteidigung einer nach seiner Überzeugung schlechten Sache geboten wurden. Zuweilen wurde er ja auch getäuscht und fand erst während des Prozesses die Überzeugung, daß das Recht nicht auf seiner Seite sei; dann verlor er alles Interesse, und seine Verteidigung ward eine lahme, ja, wenn er bemerken mußte, daß er von seinem Klienten absichtlich belogen sei, so mußte derselbe sich wohl gefallen lassen, daß er mitten im Prozesse seine fernere Mitwirkung versagte. Einmal fand er in einer wichtigen Prozeßsache, daß er im Unrecht sei, und mitten in den Verhandlungen erklärte er seinem Kollegen, daß er die Verteidigungsrede nicht halten werde. Sein Geschäftsteilhaber übernahm die Weiterführung, und zu Lincolns Verwunderung wurde die Sache zu seinen Gunsten entschieden; Lincoln aber, überzeugt, daß sein Klient im Unrechte gewesen, ließ sich nicht bewegen, von den neunhundert Dollars Honorar, die dabei verdient wurden, einen Cent anzunehmen, so nötig er's auch hätte brauchen können. Da konnte ihm denn wohl scherzweise gesagt werden, daß er „polizeiwidrig ehrlich" sei. Kurz, auch als Advokat bewahrte er sich seinen Ruf als "honest Abe". Bei seinen Reisen hatte er oft genug Prozesse zu führen, mit denen sein Geschäftsteilhaber gar nichts zu thun bekam, und deren Ertrag er, ohne ein Unrecht zu begehen, für sich allein hätte behalten können; nichtsdestoweniger pflegte er, was er in solchen Fällen eingenommen, nicht nur seinem Kollegen gutzuschreiben, sondern sofort für denselben zurückzulegen, indem er für denselben eigene Kasse führte.

Mochte er, namentlich im Anfange seiner Praxis, unter seinen Kollegen noch nicht als ein gelehrter Jurist gelten, so konnte ihm doch niemand bestreiten, daß nicht leicht einer, wie er, es verstand, einer Versammlung von Geschworenen das Verständnis eines Rechtsfalles klarzulegen und sie für das Rechte zu gewinnen. In der Regel pflegte er eine Sache von beiden Seiten zu beleuchten, dem Gegner alles einzuräumen, was für ihn sprach, alle Gründe anzuführen, die derselbe selbst vorbringen konnte, dann das Gewicht seiner eignen Gegengründe in die Wagschale zu legen und das Resultat zu ziehen. So nahm er dem Verteidiger der Gegenpartei sozusagen den Wind aus den Segeln und ließ ihm nichts, als schon entkräftete Gegengründe vorzubringen, und den Geschworenen machte er's leicht, ihrer eigenen Einsicht zu folgen und sich nicht durch Künste verwirren zu lassen.

So kann man denn im ganzen wohl sagen, daß Lincoln den von ihm mit Zagen ergriffenen Beruf mit Ehren und mit großem Erfolge ausfüllte, und er würde schon allein durch die Erfüllung dieser seiner Berufspflichten sich einen ehrenvollen Platz in dem Gedächtnisse seiner Mitbürger erworben haben, wenn ihn auch nicht die Vorsehung zu einem Wirken in weit größerem Kreise bestimmt hätte.

Im Jahre 1842 verheiratete sich Lincoln mit Fräulein Mary Todd, mit der er in glücklicher Ehe bis zu seinem Ende gelebt hat. Vier Söhne sind in der Ehe geboren worden, von denen der älteste und der jüngste den Vater überlebt haben. Anfänglich scheint es in dem jungen Ehestande einfach genug hergegangen zu sein. „Wir halten kein eigenes Haus," schreibt Lincoln in dieser Zeit, „sondern wohnen in dem Globe-Hotel, welches jetzt sehr gut von einer Witwe Beck bewirtschaftet wird, und bezahlen nur einen Dollar die Woche." Später kaufte er sich ein eignes ansehnliches Haus und ist auch, nachdem er seine „Nationalschuld" abgetragen, wenn schon nicht zu Reichtum, so doch zu Wohlstand gekommen. Er hätte mehr erwerben können, wenn sein Sinn aufs Erwerben gerichtet gewesen wäre, allein er gab lieber einem armen Klienten Geld, anstatt von ihm zu nehmen, er ermunterte nie zu Prozessen und benutzte nie einen Prozeß, um durch unnötig vorgeschobene Hindernisse und Schreibereien dem Klienten Geld zu erpressen. Es wird berichtet, daß er zur Zeit, als er zum Präsidenten erwählt ward, sich ein Gesamtvermögen von sechzehntausend Dollars erworben habe.

9. Kapitel.

Die öffentliche Wirksamkeit.

Die Bemühungen Lincolns um Verlegung des Regierungssitzes von Vandalia nach Springfield hatten ihm die Dankbarkeit der Bewohner von Sangamon County eingebracht, und diese wählten ihn im Jahre 1838 abermals in die Legislatur. In derselben wurde er als der hervorragendste Mann unter der Whigpartei anerkannt und er erhielt von seiner Partei ohne Widerspruch die Nomination für das Sprecheramt. Zwar wurde er bei der Wahl vom Kandidaten der Gegenpartei, dem Demokraten Ewing, geschlagen, aber nur mit einer Stimme Majorität. Es hatte in der letzten Zeit im Staate ein bedeutender Umschwung der Stimmungen stattgefunden, und der vorher allmächtigen demokratischen Partei war in der bis dahin wenig beachteten Whigpartei ein bedrohender Gegner erwachsen; daß Lincolns Thätigkeit zu dem Umschwunge wenigstens mit beigetragen hat, ist wohl nicht zu bestreiten.

Der Gegensatz zwischen den beiden politischen Parteien läßt sich kurz dahin bestimmen, daß die Demokraten den einzelnen Staaten eine möglichst große Selbständigkeit gegenüber der Gesamtregierung der Union, die Whigs der Gesamtregierung die möglichst große Autorität gegenüber den Einzelstaaten eingeräumt haben wollten. Die Whigs wollten, daß öffentliche Bauten, Kanäle u. dgl. auf Bundesanordnung und Bundeskosten ausgeführt werden sollten, die Demokraten wollten, daß die Ausführung der öffentlichen Verbesserungen in seinem

Gebiete jedem einzelnen Staate überlassen bleiben solle. Die Whigs wollten Beschützung der heimischen Industrie durch Schutzzoll, die Demokraten wollten möglichst billigen Bezug der Industrieerzeugnisse aus dem Auslande. Und so weiter.

Die hauptsächliche Veranlassung für den Umschwung der Stimmungen war der große finanzielle Zusammenbruch des Jahres 1837. Industrie und Handel lagen danieder, und das Volk machte mit Recht oder mit Unrecht die demokratische Herrschaft dafür verantwortlich.

Lincoln nahm an allen Debatten während der Sitzung hervorragenden Anteil. Auch für die nächste Legislatursitzung des Jahres 1840 ward der „Sangamon Chief" wieder erwählt. Da die Sitzungen der Staatsgesetzgebung jetzt in seinem eignen Wohnorte, Springfield, stattfanden, so konnte er an den Sitzungen und Arbeiten derselben Anteil nehmen, ohne dabei sein Geschäft als Rechtsanwalt gänzlich vernachlässigen zu müssen. Wurde er auch bei seiner Bewerbung um das Sprecheramt abermals von der demokratischen Majorität geschlagen, so war doch seine Stellung im ganzen Hause, auch bei seinen politischen Gegnern, eine hochangesehene; seine Reden wurden von der ganzen Versammlung mit hohem Interesse gehört, die Redlichkeit seiner Absichten und das Gewicht seiner Gründe gewürdigt. Dazu kam noch, daß man bei jeder Rede Lincolns sich darauf gefaßt machen konnte, an irgend einem Punkte, bei der trockensten Erörterung, seinen Humor hervorblitzen zu sehen und eine treffende „Geschichte" zu hören. Darin war er ja allerdings großartig, und seine Fertigkeit, an jedem ihm passenden Orte eine „Geschichte" zu erzählen, war merkwürdig. Er wandte diese Fertigkeit überall an, sowohl im Privatgespräch, wie in der öffentlichen Rede. Wollte er sich einen Gegner oder einen überlästigen Freund vom Halse schaffen, so erzählte er eine Geschichte, brachte jemand einen Gegenstand zur Erörterung, auf den er sich nicht einlassen wollte, so lenkte er durch eine „Geschichte" das Gespräch in andere Bahn, wollte er einen schwierigeren Gedankengang dem Verständnisse der Hörer nahelegen, so diente eine Geschichte zur Erläuterung. Immer hatte er einen unerschöpflichen Vorrat von Erlebnissen zur Hand, die ihm „an dem Orte, wo er früher wohnte," passiert waren. Meistens knüpfte er wohl an wirkliche frühere Erlebnisse an, oft waren die Geschichten auch wohl rein erfunden oder für den gegenwärtigen Bedarf zugestutzt, so daß sie allemal für den besonderen Zweck wie geschaffen schienen. Ein Beispiel davon, wie er manchmal durch ein einziges Geschichtchen mehr auszurichten verstand wie durch eine lange Rede, mag hier angeführt werden.

In der Gesetzgebung saß ein Abgeordneter, der seinen Stolz darin fand, streng am Buchstaben der Verfassung zu halten, und der sich mit seiner Haarspalterei und Nörgelei oft lästig machte. Er war Mitglied des Justizausschusses, und gewöhnlich, wenn ein Antrag gestellt war, der mit Anwendung des einfachen Menschenverstandes in kurzer Zeit hätte erledigt werden können, kam er mit seinen Bedenklichkeiten, ob der Antrag auch verfassungsmäßig sei, und forderte seine vorherige Überweisung an den Justizausschuß. Für einfache Gegengründe war er schwer zugänglich, da er sich einmal in seine fixe Idee verrannt hatte; es war nicht mehr zum

Aushalten, und es mußte ihm der Mund gestopft werden. Die Aufgabe ward Lincoln überwiesen. Als wieder einmal eine Maßregel zur Beratung vorlag, an deren Durchführung dem von Lincoln vertretenen Bezirke gelegen war, und als der Herr wieder mit seinem Bedenken wegen Verfassungsmäßigkeit des Antrags kam, trat Lincoln auf. Mit dem schalkhaft ernsten Gesichtsausdrucke, den er nach Belieben annehmen konnte, und mit mutwilligem Augenzwinkern begann er: „Meine Herren, der Angriff des Mitglieds für Wabash auf die Verfassungsmäßigkeit unsres Antrags erinnert mich an eine Geschichte. In dem Orte, wo ich früher wohnte, kannte ich einen alten Herrn. Es war ein sonderbar aussehender alter Knabe mit buschigem Haar und überhangenden Augenbrauen und einer Brille auf der Nase, sonst ein vortrefflicher Mann. (Alle Augen wendeten sich unwillkürlich auf das also abkonterfeite Mitglied von Wabash.) Eines Morgens trat nun jener Herr aus seinem Hause und sah auf einem gegenüberstehenden Eichbaum ein Eichkätzchen munter herumspringen. ‚Das muß herunter,' dachte der Alte, ging ins Haus und holte die Flinte. Er ladet und schießt und — brdauz, sollte man meinen, das Eichhörnchen müßte herunterfallen, aber es fällt nichts. Er sieht hin, am Boden liegt auch nichts, er guckt wieder in die Höhe, und siehe, das Eichhörnchen krabbelt noch munter herum, wie zuvor. ‚Hm' — denkt der Alte, ‚doch sonderbar.' Er schießt noch einmal und — wieder nichts. Er guckt wieder hinauf, und das Eichhörnchen ist noch da. ‚Na wart, dich will ich kriegen,' denkt der Alte und schießt zum dritten, vierten, fünften, zuletzt zum dreizehnten

Male. Hilft alles nichts, da oben sitzt nach wie vor das Eichkätzchen und thut gar nicht dergleichen. Da setzt der Alte die Flinte hin und sagt zu seinem Buben, der dabei steht: ‚Mit der Flinte ist's nichts, die muß krumm sein.' ‚Die Flinte ist schon recht,' sagt der Sohn, ‚die ist gerade genug, aber wo ist denn eigentlich dein Eichkätzchen?' ‚Na, siehst du's denn nicht?' sagt der Vater, ‚da sitzt's ja.' ‚Ich sehe nichts,' sagt der Junge. ‚Na, nu hört doch alles auf,' sagt der Vater, wischt seine Brille ab und guckt noch einmal hin, ‚siehst du denn nicht, wie's am Baume hockt?' Jetzt guckt der Junge dem Vater ins Gesicht und ruft mit einemmale: ‚Ich hab's, Vater, jetzt seh ich dein Eichkätzchen, du hast die ganze Zeit nach einer Laus geschossen, die in deiner Augenbraue herumkrabbelt.'"

Die Geschichte bedurfte keiner Erklärung. Die ganze Versammlung brach in ein schallendes Gelächter aus, und das Mitglied für Wabash war ein für allemal abgethan und getraute sich nicht wieder, mit seinen Verfassungsbedenken zu kommen, die für niemand weiter vorhanden waren als für ihn selber; er mußte fürchten, daß die Leute nach seinen buschigen Augenbrauen blicken und lächeln würden.

Mit dem Jahre 1840 endigte die Thätigkeit Lincolns in der Staatslegislatur, er war entschlossen, sich mehr seinem Geschäfte zu widmen, wenngleich er selbstverständlich der Teilnahme am politischen Leben sich nicht entzog und mannigfache Veranlassungen hatte, als politischer Redner aufzutreten. Unter angestrengter Arbeit in seinem Geschäfte, unter den Freuden seines neugegründeten Familienlebens und unter den Aufregungen, die die Lokalpolitik brachte, gingen die Jahre schnell dahin.

Im Jahre 1844 glaubte die Whigpartei erstarkt genug zu sein, um mit der großen demokratischen Gegenpartei in erfolgreichen Kampf um das höchste Amt, des Präsidenten der Vereinigten Staaten, treten zu können, zumal sie einen Mann als Bewerber für diese Würde aufstellen konnte, der, wie wenige, es verstanden hatte, sich begeisterte Anhänger zu gewinnen, und der durch seine glänzenden Gaben eine Zierde des Amtes zu werden versprach, Henry Clay, den „großen Kentuckyer“. Lincoln beteiligte sich mit großem Eifer an dem Wahlkampfe. Als Kandidat für die Stelle eines Präsidentschaftswahlmannes bereiste er den Staat Illinois und hielt auch in Indiana mehrere Reden. Das Resultat des Wahlkampfes war eine unerwartete und niederschlagende Enttäuschung für die ganze Partei und nicht zum wenigsten für Lincoln selbst. Clay unterlag gegen Polk. Lincoln fühlte sich sehr entmutigt und fast war ihm die Politik verleidet, ja er fühlte sich geneigt, an der Fähigkeit des Volkes zur Selbstregierung zu zweifeln. Nichtsdestoweniger hatte die Teilnahme am Wahlkampfe ihm selbst großen Erfolg eingebracht. Er hatte die Whigpartei in seinem eignen Staate sehr gestärkt und sich als einen der bedeutendsten Staatsmänner des Landes bekundet. Seine Reden über den Schutzzoll, um den es sich in der Entscheidung hauptsächlich gehandelt, waren durchdacht und wirksam und hatten ihm einen über die Grenzen seines Staates weit hinausgehenden Ruf verschafft.

10. Kapitel.

Lincoln im Kongreß.

Die vorübergehende Entmutigung konnte natürlich nicht ausreichen, Lincoln der Teilnahme am öffentlichen Leben für immer zu entfremden, und bald darauf finden wir ihn lebhafter als je in der politischen Arbeit. Er bewarb sich, nachdem er von seiner Partei nominiert worden war, um die Stellung eines Repräsentanten im nationalen Kongreß; dazu bereiste er seinen Kongreßdistrikt und hielt politische „Stumpreden". Es stand ihm genug Material zur politischen Diskussion zu Gebote. Die Demokratie hatte ihren Sieg nach verschiedenen Seiten hin ausgebeutet und Anlaß zu Angriffen seitens der Whigpartei dargeboten. Während des Winters 1845 war Texas, das sich von Mexiko losgerissen, in die Union aufgenommen, und der Krieg mit Mexiko war begonnen. Der Zolltarif, der 1842 in Übereinstimmung mit den Grundsätzen der Whigpartei eingeführt worden war, war aufgehoben. Das Land war in einen Krieg verwickelt, von dem die Whigs glaubten, er sei unnötigerweise angefangen und ungerechterweise fortgeführt, die Partei der Sklavenhalter war durch die Aufnahme eines neuen Sklavenstaates gestärkt worden, die Industrie des Landes war durch die Beseitigung des Schutzzolles gestört. Lincoln vertrat in seinen Reden die Grundsätze seiner Partei mit der ihm eigenen Klarheit und mit der Kraft der Überzeugung, und er vertrat sie mit Erfolg für sich selbst, er wurde in seinem Distrikte mit der größten Majorität gewählt, die jemals in demselben abgegeben worden war, er war das einzige Mitglied der Whigpartei, das der Staat Illinois nach Washington entsendete.

Im Dezember 1847 nahm Lincoln seinen Sitz in Washington ein und war von Anfang an in demselben gleichsam zu Hause; er war weder in der Politik noch in der Gesetzgebung ein Neuling, und in den großen Fragen, welche den Kongreß aufregten und das Volk in Parteien teilten, nahm er mit Bewußtsein und Entschiedenheit eine selbständige Stellung ein.

Die Whigpartei befand sich allerdings in diesem Kongresse in einer schwierigen Lage. Sie mißbilligte den mit Mexiko begonnenen Krieg und verurteilte die Politik des Präsidenten Polk, die zu demselben geführt hatte, und doch konnte sie sich der Verpflichtung nicht entziehen, für die Verproviantierung und Verstärkung der im Felde stehenden Armeen zu stimmen und den Generälen, welche glorreiche Erfolge erfochten hatten, Glück zu wünschen und Dank zu sagen.

Die Präsidentschaft J. Polks war übrigens, wie ja aus der Geschichte bekannt, eine Periode mächtigen Emporblühens für unsere Republik. Sie ist bezeichnet durch die Besitznahme des Territoriums Oregon, durch den mexikanischen Krieg, dessen Erfolg die unbestrittene Aufnahme von Texas in die Union und die Eroberung der Territorien California und New Mexico war, durch die Entdeckung der Goldlager in Californien, welche die starke Auswanderung der Bevölkerung nach der Westküste unsres Kontinents und schließlich damit die Gewinnung dieser gesegneten Landstriche für die Kultur zur Folge hatte. Zu gleicher Zeit bereiteten sich aber auch die Ursachen zu dem großen Kampfe vor, der wesentlich durch die verschiedene Stellung zur Sklavenfrage hervorgerufen wurde, und der ein Jahrzehnt später durch die Gewalt der Waffen entschieden werden sollte.

Im Sommer 1848 trat die nationale Whigkonvention in Philadelphia zusammen, um einen Kandidaten für die Präsidentschaft aufzustellen; Lincoln war ein Mitglied derselben. Die Wahl fiel auf General Taylor. Derselbe hatte sich im mexikanischen Kriege als ein Held bewiesen, seine glänzenden Siege und seine bescheidenen Depeschen hatten im amerikanischen Volke ohne Unterschied der Parteien eine begeisterte Bewunderung hervorgerufen. Die Whigs beanspruchten ihn als einen Mann ihrer Partei und hielten ihn für den einzigen in der Union, durch dessen Popularität sie die von ihnen erstrebte Macht gewinnen könnten. Die Mehrzahl, und unter ihr wohl auch Lincoln, hätte wohl Henry Clay als den berühmtesten Vertreter der Grundsätze der Whigpartei vorgezogen, allein derselbe war schon einmal im Wahlgange geschlagen worden, und es erschien zweckmäßiger, einen Kandidaten aufzustellen, der durch seinen großen Ruf als Feldherr der Partei neue Anhänger zuführen werde. Wohl hatten die Whigs in der Wahlcampagne dieselbe Schwierigkeit zu bestehen, wie im Kongreß; man konnte sie der Inkonsequenz beschuldigen, und sie waren genötigt, einander Widersprechendes zu verteidigen: sie opponierten der demokratischen Administration, die das Land in einen ungerechtfertigten Krieg verwickelt, und sie erhoben den Helden auf ihren Schild, der diesen Krieg zum ruhmreichen Ende geführt. Nichtsdestoweniger war das politische Manöver erfolg=

reich, und Lincoln hat nach Kräften zum Siege desselben beigetragen. Taylor und Fillmore wurden erwählt.

Im August 1848 schloß die erste Sitzung des dreißigsten Kongresses; dieselbe war eine sehr aufgeregte gewesen. Lincoln hatte seine Pflichten in derselben in gewissenhafter und fähiger Weise erfüllt. Nach dem Schlusse der Sitzung besuchte er die Neu England-Staaten und hielt eine Menge erfolgreicher Campagnereden, ging dann auf kurze Zeit in seine Heimat zurück und verwandte seine Zeit auf Wahlagitationen für General Taylor, bis er die Genugthuung hatte, Zeuge zu sein vom Triumphe seines Kandidaten und dem großen Erfolge der Partei, der er so lange aufs wärmste gehuldigt hatte. Dann kehrte er wieder nach Washington zur zweiten Sitzung des Kongresses zurück, die vergleichsweise stiller verlief. Der 4. März 1849 machte seiner Thätigkeit als Mitglied des Kongresses ein Ende. Wenn er auch in demselben eine höchst geachtete Stellung eingenommen, so hatte ihm doch seine Thätigkeit daselbst noch nicht die Bahn zu einer dauernden Stellung, zu einem maßgebenden Einflusse auf die Gesetzgebung des Landes gebrochen. Seine höchsten Ehren sollte er erst später durch die Aufnahme eines anderen Kampfes erwerben, für den diese zwei Jahre im Kongreß nur die Vorübung bildeten.

Es ist kaum anzunehmen, daß sein nun folgender Rücktritt vom öffentlichen Leben ein ganz freiwilliger gewesen; daß ein Mann, der das öffentliche Leben so sehr liebte und sich mit solcher Begabung für dasselbe ausgerüstet fand, am Schlusse eines ersten Termins gänzlich aus freiem Willen zurückgetreten sei, ist kaum wahrscheinlich. Wenn Lincoln daher, wie es heißt, sich unbedingt weigerte, als Kandidat für eine Wiederwahl in den Kongreß aufzutreten, so wird ihn dazu wohl nicht ausschließlich die Vorliebe für ein still zurückgezogenes Leben im engeren Berufskreise, sondern vielmehr die politische Vorsicht bewogen haben, mit der er sich nicht einer wahrscheinlichen Niederlage aussetzen wollte. Die Whigpartei hatte in der Präsidentenwahl gesiegt, aber sie hatte in manchen Beziehungen eine schiefe Stellung eingenommen, sie hatte ihren Sieg weniger der überzeugenden Macht ihrer Grundsätze als der persönlichen Beliebtheit ihres Kandidaten verdankt und hatte an Einfluß wieder verloren.

Auch die Hoffnung Lincolns, mit einem Bundesamte betraut zu werden, zerschlug sich, und so kehrte er wieder in die Stille des Privatlebens nach Springfield zurück.

---

11. Kapitel.

Die Zeit der Sammlung.

Lincoln nahm nach seiner Rückkehr die juristische Praxis wieder auf und hatte genug zu thun, sein Geschäft wieder emporzubringen. Während der nächsten Zeit ließ er sich weniger in staatliche und nationale Politik ein, als während irgend einer früheren Periode seines geschäftlichen Lebens. Die Zeit war für ihn eine Zeit der Ruhe, des Studiums, gesellschaftlicher Annehmlichkeit und geschäftlichen Gedeihens. Von der Art seiner geschäftlichen Grundsätze, wie er sein Geschäft nicht als ein Mittel zum Gelderwerb, sondern als einen

Beruf, das Recht herzustellen, ansah, ist schon die Rede gewesen.

Aus vielen Fällen seiner gerichtlichen Praxis sei nur einer erwähnt, in welchem es ihm vergönnt war, sich für früher empfangene Wohlthat dankbar zu erweisen und einem Hartbedrängten zu Hilfe zu kommen. Jack Armstrong, weiland der Führer der Clary grove boys, war nach jenem Wettkampfe, in dem er sich mit Lincoln gemessen, dessen entschiedenster Anhänger und Bewunderer geworden. Oft war Lincoln später in Jacks Blockhause eingekehrt, und Frau Armstrong, eine höchst achtbare Frau, hatte sich des Junggesellen oft in geschwisterlicher Weise angenommen, er gedachte ihrer stets mit der freundschaftlichsten Dankbarkeit. Sie war Witwe geworden und auf die Unterstützung ihrer Söhne angewiesen. Der älteste derselben hatte das Unglück gehabt, bei Gelegenheit einer gottesdienstlichen Versammlung im Freien in eine Schlägerei verwickelt zu werden, welche mit dem Tode eines jungen Mannes endete. Der junge Armstrong wurde von einem Genossen angeklagt, den tödlichen Streich geführt zu haben. Er behauptete seine Unschuld, aber es half nichts. Er ward in Untersuchungshaft gehalten, und die öffentliche Meinung, von interessierten Parteien aufgeschürt, war gegen ihn, seine Sache stand schlecht, und die Mutter war in sehr großer Betrübnis. Als Lincoln von der Bedrängnis seiner Freundin hörte, schrieb er sofort an sie und erbot sich, den Prozeß für ihren Sohn zu führen. Er erwirkte zunächst einen Aufschub des Prozesses und die Verlegung desselben vor einen andern Gerichtshof, da wegen der Aufregung des Publikums am Orte der

That eine unparteiische Gerichtsverhandlung kaum zu erwarten war. Als nun der neue Prozeß seinen Anfang nahm, schien er allen sehr hoffnungslos für den jungen Mann zu stehen. Wie mit einem unentrinnbaren Netze schien die Rede des Staatsanwalts den Angeschuldigten zu umstricken, und mit dumpfer Bangigkeit sahen seine Freunde, mit sicherm Triumph seine Gegner, das Schicksal desselben als schon besiegelt an. Nur Lincoln bewahrte seine Ruhe. Dann trat er auf und begann das Gewebe der Anklage mit einem Schlage zu zerreißen, der alle in Verwunderung setzte und einen völligen Umschlag der Stimmung hervorrief. Die Beweisführung der Anklage stützte sich insonderheit auf die Aussage des Hauptzeugen, der beim hellen Mondlichte ganz deutlich gesehen haben wollte, wie Armstrong den tödlichen Schlag mit der Bleischlinge geführt. Lincoln zog den Kalender aus der Tasche und wies nach, daß um die Stunde, da das Verbrechen geschehen, gar kein Mondschein gewesen sein könne; und so wußte er in rascher Folge einen Beweisgrund nach dem andern zu entkräften, bis jedermann in dem überfüllten Gerichtssaale von der Unschuld des Angeklagten überzeugt war. Nach kurzer Beratung kamen die Geschworenen mit dem Wahrspruche „Nichtschuldig“ zurück, und der Dank des Geretteten und der Mutter desselben war für Lincoln der schönste Lohn.

Unsere Geschichte wird, wie die meisten, die größeres Aufsehen gemacht haben, verschiedenartig erzählt. Nach einer Darstellungsform soll der Kalender, den Lincoln aus der Tasche gezogen, gar nicht der des betreffenden Jahres gewesen sein, und er hätte sonach damit nur ein dreistes Kunststück angewendet, darauf rechnend, daß man durch Dreistigkeit die Leute verblüffen kann. Allein was auf diese Weise für die Gescheitheit des Advokaten gewonnen wird, das wird auf der andern der Ehrlichkeit des Mannes entzogen; dem gesamten Charakter Lincolns entspricht es nicht, daß er auch durch die innigste Anhänglichkeit an Personen sich habe dazu bestimmen lassen, dem Rechte hindernd in den Weg zu treten. Die Ausschmückung, in der die Geschichte vorgetragen wird, beweist nur, daß sie ihrer Zeit großes Aufsehen gemacht hat und vielfach in der Leute Mund gewesen ist.

Obgleich von der Teilnahme am öffentlichen politischen Leben zurückgezogen, kann sich doch Lincoln dem lebhaften Interesse an den politischen Tagesfragen nicht entzogen haben. Wichtige Fragen des nationalen Lebens waren in fortschreitender Entwicklung begriffen. Die gewaltigen Erfolge, die der mexikanische Krieg dem Lande in den Schoß gelegt, schlossen eine Reihe neuer Aufgaben und die Veranlassung zum Aufeinanderstoßen widerstreitender Interessen in sich. Was sollte mit dem ungeheuren Zuwachs an Ländergebiet gemacht werden? Die sklavenhaltenden Staaten suchten dasselbe für ihre Interessen auszubeuten, die Gegner der Sklaverei suchten dem entgegenzutreten. Während des Krieges noch hatte der Kongreßmann Wilmot von Pennsylvanien einen Gesetzentwurf eingebracht, das sogenannte „Wilmot proviso", wonach in allen von Mexiko eroberten Gebieten die Sklaverei verboten sein sollte. Dieser Antrag hatte heftige Kämpfe hervorgerufen; Lincoln selbst hatte zweiundvierzigmal für denselben gestimmt, aber der Antrag war nicht durchgegangen. Die Männer des

Südens sagten: „Jeder Bürger der Vereinigten Staaten hat das Recht, nach irgend einem Teile des Landes zu ziehen und sein Eigentum, seine Sklaven eingeschlossen, mit sich zu nehmen.“ Die Gegner, die sogenannten Free Soil-Demokraten, antworteten: „Wir wollen keine weitere Ausdehnung der Sklaverei mehr, dieselbe soll auf ihr ursprüngliches Gebiet beschränkt bleiben.“ Eine dritte Partei erklärte: „Der Kongreß hat kein Recht, sich in die Angelegenheiten der neuen Staaten und Territorien einzumischen; die Bewohner der Territorien sind ihre eigenen Herren, sie haben unter sich auszumachen, ob sie in ihrem Gebiete Sklaverei haben wollen oder nicht, und ihr eigener Wille soll Gesetz sein.“ Inzwischen meldete sich das rasch besiedelte Californien um Aufnahme in die Union und zwar als freier Staat, von dessen Grenzen die Sklaverei ausgeschlossen sein sollte. Präsident Taylor, obgleich selbst ein reicher Sklavenhalter, befürwortete die Aufnahme; aber die Südländer, geführt von dem Süd Carolina Staatsmann Calhoun, protestierten dagegen. Durch die Aufnahme Californiens als Freistaat ward das bisherige Gleichgewicht zwischen Freistaaten und Sklavenstaaten im Kongreß aufgehoben. Die Spannung ward so heftig, daß die Union zersprengt zu werden drohte. Noch einmal ward durch Henry Clay, den „Friedensstifter“, der Bruch notdürftig geheilt durch den Kompromiß von 1850. Derselbe bestimmte: 1. Californien soll als Freistaat aufgenommen werden. 2. In den übrigen von Mexiko eroberten Gebieten soll durch die Bevölkerungen selbst bestimmt werden, ob Sklaverei unter ihnen geduldet werden soll oder nicht. 3. Dagegen sollen alle flüchtigen

Sklaven, welche aus den Südstaaten nach dem Norden entkommen sind, daselbst arretiert und ohne besondere Verurteilung durch ein Geschworengericht ihren Eigentümern wieder zurückgeschickt werden. Diese letztere Bestimmung war natürlich den Gegnern der Sklaverei verhaßt, aber es war im Kongreß nichts dagegen zu machen, sie mußte angenommen werden, wenn der Friede aufrecht erhalten werden sollte. Auch die Whigpartei verstand sich in ihrer Nationalkonvention von 1852 dazu, das Gesetz gegen die flüchtigen Sklaven in ihrer Platform anzuerkennen und sich für die Aufrechterhaltung desselben zu verbürgen. Damit aber brachte sie sich in den Nordstaaten um alle ihre Popularität und grub sich ihr eignes Grab, oder, wie man's ausdrückte, „sie erstickte über dem Versuche, einen ihr so unschmackhaften Bissen hinunterzuwürgen."

Lincoln trennte sich nicht deswegen von seiner Partei, willigte auch ein, als ihn dieselbe als Kandidaten für das Wahlmännerkollegium aufstellte, welches den von ihr nominierten Präsidenten, General W. Scott, erwählen sollte; aber er hat sich an dem Wahlkampfe nicht mit dem früher bezeigten Eifer beteiligt, hat auch während der Wahlcampagne sich nicht von seinen Berufsgeschäften abbringen lassen, er hielt nur wenig Reden, und diese haben keinen besonderen Eindruck gemacht. Die Niederlage des Whigkandidaten und die Erwählung des demokratischen Generals Pierce war von allen vorausgesehen, und Lincoln scheint sich ohne Niedergeschlagenheit darein gefügt zu haben. Auch während der nächstfolgenden Jahre ereignete sich nichts in der Politik, das ihn seinen Geschäften entzogen hätte.

Das Gesetz über die Auslieferung flüchtiger Sklaven, das in seiner Ausführung oft so furchtbare Härten mit sich brachte, äußerte unter der Bevölkerung des Nordens seine naturgemäßen Wirkungen; es legte dem Volke des Nordens Verpflichtungen auf, die dasselbe nur mit Widerwillen erfüllte, und verstärkte die Abneigung gegen die „eigentümliche Institution" der Südstaaten, die mit dem Buchstaben des „Rechts" in der Hand zu Handlungen der Unmenschlichkeit nötigte. Hier und da wurden in den Städten des Nordens arretierte flüchtige Sklaven durch Volkshaufen gewaltsam wieder befreit und in Sicherheit gebracht. Es bildeten sich Verbindungen, die es sich zur Aufgabe machten, flüchtigen Sklaven das heimliche Entkommen nach Canada zu erleichtern, ihnen Verstecke zu gewähren und sie von Ort zu Ort von einem Gesinnungsgenossen zum andern zu geleiten; Hunderte von flüchtigen Sklaven wurden auf diesem Wege, den man die „Unter-Grund-Eisenbahn" nannte, auf freien Boden befördert. So reizte dies Gesetz zu Gesetzlosigkeiten, und während sonst unser amerikanisches Volk wie kaum ein anderes den Gesetzen eben darum, weil sie ihm nicht durch einen tyrannischen Willen aufgezwängt, sondern der Ausdruck seines eigenen Willens sind, freiwillig gehorcht, so sah man sich hier genötigt, zwischen dem verbrieften Rechte des Buchstabens und einem höheren ungeschriebenen Gesetze der Menschlichkeit zu unterscheiden. „Höher als die Konstitution und alle Akte des Kongresses," sprach W. Seward von New York im Senate, „steht ein göttliches Gesetz der Gerechtigkeit und der Freiheit, das uns durch unser Gewissen nötigt, dem Befehle der Regierung hierin nicht zu gehorchen."

Wirksamer als hundert Reden auf die Stimmung der Bevölkerung erwies sich damals der Zeitroman von Frau Harriet Beecher-Stowe: „Onkel Toms Hütte“, in welchem die reichbegabte Verfasserin es unternahm, mit warmem Gefühl und mit außerordentlicher Lebendigkeit und Treue in der Beobachtung der Wirklichkeit die Sklaverei zu schildern, wie sie war, mit ihren versöhnenden Lichtseiten und mit ihren finsteren Schattenseiten. Man konnte das Buch nicht zur Hand nehmen, ohne es ganz zu lesen, und man konnte es nicht lesen, ohne es mit dem Eindrucke aus der Hand zu legen: die Sklaverei ist ein Krebsschaden am Volksleben, der mit Gottes Hilfe früher oder später beseitigt werden muß.

Lincoln selbst war viel zu sehr Jurist, als daß er nicht das geschriebene Recht in seinem vollsten Umfange anerkannt hätte. Er betrachtete die Sklaverei als eine sittliche Ungerechtigkeit und als einen Widerspruch gegen die Grundsätze gesunder Staatskunst, als ein Hemmnis der gedeihlichen Entwickelung der mit ihr belasteten Staaten. Aber er sah ein, sie war für einen bestimmten Umfang des Gebiets von der Konstitution der Vereinigten Staaten in ihrem Rechte anerkannt, sie ließ sich in diesem Gebiete nicht ohne große, nachteilige Folgen, nicht ohne große Opfer und vielleicht nicht ohne Gewaltsamkeit abschaffen. Solche Wirren freiwillig heraufzubeschwören, hielt er für unrecht; in dem durch die Konstitution vorgezeichneten Gebiete hatte die Sklaverei das Recht, den Schutz der Gesetzgebung zu beanspruchen, aber darüber hinaus ihr etwas zu gewähren, ihr Fortwuchern zu begünstigen, hielt er für ebenso unrecht als unweise.

Im Jahre 1854 trat eine neue politische Wendung

ein. Die Sklavenstaaten merkten, daß es mit ihrer „eigentümlichen Institution“ zu Ende ging, daß der grelle Widerspruch, in dem die Sklaverei zu den Grundsätzen des Christentums und unserer republikanischen Verfassung stand, immer mehr empfunden werde, und daß, wenn das politische Leben sich weiter in den von der Konstitution vorgezeichneten Bahnen entwickeln würde, sie ihren überwiegenden Einfluß in der Volksvertretung bald verlieren müßten. Deshalb betraten sie, wenn auch nicht in bewußter und klar ausgesprochener Weise, die Bahn der Revolution. Die geltenden gesetzlichen Bestimmungen sollten umgestoßen werden, damit ihre Macht Raum gewinne, sich weiter auszudehnen.

Da der Strom der Einwanderung weiter westwärts drängte, galt es, über die Territorien Nebraska und Kansas zu verfügen. Durch den sogenannten Missouri-Kompromiß von 1820, durch welchen Missouri als Sklavenstaat in die Union aufgenommen wurde, war zugleich die Sklaverei von den Territorien westlich und nordwestlich von Missouri „für immer“ ausgeschlossen worden. Da der Nordwesten sich bedeutend schneller besiedelte als der Südwesten, so konnte der Süden keinesfalls darauf rechnen, für je einen neuen Freistaat einen neuen Sklavenstaat zur Aufnahme in die Union in Bereitschaft zu haben, und mußte fürchten, daß das politische Übergewicht im Kongreß in die Hände der Freistaaten übergehe. Deshalb bewirkte die im Interesse der Sklaverei handelnde Partei im Kongresse den Widerruf des Missouri-Kompromisses, und Richter Stephan Douglas von Illinois brachte die Kansas-Nebraska-

Bill ein, welche verordnete, daß die Bevölkerung dieser beiden Territorien selbst entscheiden solle, ob sie die Sklaverei haben wollten oder nicht. Die dabei zu Grunde liegende Absicht war offenbar, jene Gebiete für immer für die Sklaverei zu gewinnen.

Das neue Gesetz erregte in den Nordstaaten vielfach großen Unwillen, und auch Lincoln wurde durch dasselbe aus seiner politischen Ruhe hervorgezogen. Er durchschaute klar die Tragweite des beginnenden Kampfes und war sich bewußt, daß in Bezug auf die Sklavenfrage es nicht eher Frieden geben werde, als bis entweder die Sklaverei oder die Freiheit überall gesiegt haben werde. 1850 hatte man um des Friedens willen zugegeben, daß in den von Mexiko gewonnenen Territorien die Bevölkerung selbst bestimme, wie sie's mit der Sklaverei halten wolle, jetzt sollte auch Kansas und Nebraska hergegeben werden; die Sklaverei war nicht zufrieden mit dem Territorium, das sie unter dem Schutze der Konstitution inne hatte, sie suchte eine unbeschränkte Ausdehnung zu gewinnen, sie begnügte sich nicht, als ein geduldetes Übel angesehen zu werden, sondern sie beanspruchte gleiches Recht wie die Freiheit.

Richter Douglas, der kleine Riese, wie er mit Bezug auf seine mit seiner geistigen Bedeutung in Widerspruch stehende kleine Statur genannt ward, kehrte von Washington nach Illinois zurück und bot dem ihm begegnenden Volksunwillen mit dem ihm eigenen Selbstvertrauen kühn genug die Stirn. Er kam auch nach Springfield und vertrat in öffentlicher Rede seine Handlungsweise in dem Bewußtsein, einer großen siegreichen Partei anzugehören, und mit der Zuversicht eines Mannes, der auf eine mannigfach bewährte und erfolgreiche Thätigkeit zurückblickt, daher auf seine Gegner mit Geringschätzung herabblickend.

Lincoln, der die Rede Douglas' angehört hatte, antwortete am folgenden Tage in einer mehr als dreistündigen Rede, die zu den machtvollsten seines Lebens gehörte. Ein Berichterstatter über dieselbe sagt: „Seine innere Erregung und seine Gefühle machten ihn zittern. Das ganze Haus war so still wie das Grab. Er griff die Bill mit ungewöhnlicher Wärme und Energie an, und alle fühlten, daß ein starker Mann ihr Feind und daß es seine Absicht sei, sie zu vernichten, wenn es durch kräftige männliche Anstrengung möglich sei. Er war höchst erfolgreich, und die Versammlung begleitete den ruhmvollen Sieg mit lautem, anhaltendem Beifall. Jedermann huldigte dem Manne, der sich aller Herzen erobert und das Verständnis aller erleuchtet hatte."

„Mein berühmter Freund," so sagte Lincoln unter anderm, „erklärt es für eine Beleidigung gegen das Volk von Kansas, anzunehmen, daß es nicht fähig sei, sich selbst zu regieren. Wir dürfen über einen Beweis dieser Art nicht hinwegschlüpfen, gerade weil er das Ohr kitzelt; wir müssen ihm begegnen und ihn widerlegen. Ich gebe zu, daß der Auswandrer nach Kansas und Nebraska, so gut wie wir selbst, fähig ist, sich selbst zu regieren, aber" — und hier erhob sich der Redner zu seiner vollen Größe — „ich spreche ihm das Recht ab, irgend eine andere Person regieren zu dürfen ohne den Willen und die Zustimmung dieser Person." Damit war der Nagel auf den Kopf getroffen und die Phrase von Volkssouveränität und vom Recht der Selbstbestimmung als ein bloßer Vorwand zur Beschönigung der Willkür gekennzeichnet.

Ein andres Argument, welches Douglas gebraucht hatte, war für den ersten Augenblick ebenso bestechend wie innerlich haltlos. „Was," argumentierte er, „haben die Bürger von Illinois damit zu thun, was die Leute in Kansas und Nebraska thun wollen? Wir haben kein Interesse daran, ob sie Sklaverei bei sich einführen oder verbieten wollen; eins wird uns ebenso lieb wie das andere sein." Lincoln wies nach, daß abgesehen von dem allgemeinen Interesse der Menschlichkeit der Bürger von Illinois ein ganz praktisches politisches Interesse habe, das ihn hindere, die Entwickelung der westlichen Territorien mit Gleichgültigkeit mit anzusehen. Er sagte:

„Kraft der Konstitution hat jeder Staat zwei Senatoren, ein jeder hat eine Anzahl von Repräsentanten im Verhältnis zu seiner Bevölkerung, und ein jeder hat eine Anzahl Mitglieder des Wahlkollegiums, das den Präsidenten wählt; diese Wahlmänner sind gleich der Anzahl der Repräsentanten und der Senatoren zusammengenommen. Aber es werden, um zu diesem Zwecke die Zahl der Bevölkerung zu bestimmen, fünf Sklaven für drei Weiße gerechnet. Die Sklaven stimmen nicht, sie werden bloß gerechnet, um den Einfluß der Stimmen der weißen Bevölkerung zu heben. Die praktische Wirkung dieser Maßregel läßt sich am besten durch eine Vergleichung der beiden Staaten Maine und Süd Carolina darlegen. Jeder von beiden Staaten hat natürlich zwei Senatoren und jeder hat sechs Repräsentanten. Somit sind sie in Bezug auf Teilnahme an der Regierung und Gesetzgebung völlig gleich. Wie aber sind sie es in Bezug auf die Zahl ihrer weißen Bevölkerung? Maine hat 582,000 Einwohner, Süd Carolina 275,000, Maine hat also über das Doppelte mehr. Somit zählt jeder weiße Mann in Süd Carolina mehr als das Doppelte wie irgend ein Mann in Maine, und das alles, weil Süd Carolina neben seiner weißen Bevölkerung noch 388,000 Sklaven hat. Der Bürger von Süd Carolina hat genau denselben Vorteil über den weißen Mann in jedem freien Staate ebensogut wie in Maine. Denselben Vorteil, wenn auch nicht in gleicher Ausdehnung, haben alle Bürger der Sklavenstaaten über die der freien, und es ist eine absolute, keine Ausnahme gestattende Wahrheit, daß es in keinem Sklavenstaate einen Stimmberechtigten gibt, der nicht eine größere gesetzliche Macht in Bezug auf die Regierung ausübt, als ein Stimmgeber in irgend einem freien Staate; wir sind überall im Nachteile. Diese Einrichtung gibt durchschnittlich den Sklavenstaaten zwanzig weitere Repräsentanten im gegenwärtigen Kongresse, und das sind sieben mehr als die ganze Majorität, durch welche das Kansas-Nebraska-Gesetz angenommen wurde.

Alles dies ist offenbar unrecht, aber ich erwähne es nicht, um darüber zu klagen. Diese Bestimmung ist in der Konstitution enthalten, und ich schlage nicht vor, sie zu vernichten oder die Konstitution aus den Augen zu setzen; ich halte aufrichtig, vollständig und fest an derselben. Aber wenn man mir sagt, daß ich es andern Leuten überlassen müsse, ob neue Teilhaber gebildet und unter denselben gegen mich erniedrigenden Bedingungen in die Firma aufgenommen werden sollen, so wage ich, mich achtungsvoll dagegen zu verwahren. Ich beanspruche, daß die Frage, ob ich ein ganzer, oder im Vergleich mit andern nur ein halber Mann sein soll, eine Frage ist, die mich auch etwas angeht, und die kein anderer Mensch ein geheiligtes Recht hat, für mich zu beantworten. — Schließlich behaupte ich, daß, wenn es etwas wie eine Pflicht des ganzen Volkes gibt, die es nie andern Händen als seinen eigenen anvertrauen sollte, diese Pflicht in der Erhaltung seiner eigenen Freiheit und Institutionen besteht. Und wenn das Volk denkt wie ich, daß es durch die Ausdehnung der Sklaverei mehr gefährdet wird als durch alles andere, wie feige müßte es nicht sein, die Entscheidung der Frage und mit ihr das Geschick Amerikas einer kleinen Handvoll Männer zu überlassen, deren einziges Streben nur auf irdisches Selbstinteresse gerichtet ist!“

Lincolns Thätigkeit war es hauptsächlich zuzuschreiben, daß die alte, so lange unerschütterte Majorität der demokratischen Partei in Illinois die Führung verlor, wenngleich es noch längerer Zeit bedurfte, ehe die Gegner derselben sich zu einer einheitlichen festen Partei zusammenschließen lernten; und daß dies letztere schließlich doch auch geschah, ist wenigstens für den Staat Illinois auch wieder Lincolns Verdienst. Er ist einer der Hauptbegründer der republikanischen Partei.

Es handelte sich in der Legislatur von Illinois um die Wahl eines neuen Vereinigte Staaten-Senators. Lincoln wurde von der Whigpartei als Kandidat für dies Ehrenamt aufgestellt. Die demokratische Partei war durch die verschiedne Stellung zur Kansas-Nebraska-Bill gespalten. Der Hauptzweig dieser Partei, die sogenannten Douglas-Demokraten, arbeitete mit oder wider Willen den Sklavereiinteressen des Südens in die Hand. Von ihr hatten sich die „Anti-Nebraska-Demokraten" abgezweigt, die allerdings Lincoln viel zu verdanken hatten, weil durch die scharfe und klare Kritik, die er in seinen Reden an dem unglücklichen Gesetze geübt, ihre Reihen viel Anhänger gewonnen hatten, die sich aber doch nicht entschließen konnten, ganz und gar zur Whigpartei abzufallen.

So standen drei Kandidaten einander gegenüber und es gab einen heftigen Wahlkampf. Über die größte Stimmenzahl verfügten die Douglas-Demokraten, und die Opposition konnte nur gewinnen, wenn sie sich einigte. Es kann nicht zweifelhaft sein, daß Lincoln nach dem hohen Ehrenamte eines Vereinigte Staaten-Senators mit allem Eifer getrachtet hat, und daß ihm an seiner Erwählung sehr viel gelegen war; aber er brachte sein eigenes Interesse dem des Gemeinwohles zum Opfer. Er verzichtete auf seine Erwählung und bat seine Anhänger und Freunde, für den Kandidaten der Anti-Nebraska-Demokraten, Lyman Trumbull, der ja auch ein hochachtbarer Mann war, zu stimmen. Der Erfolg war die Erwählung Trumbulls zur Überraschung der

Douglas-Demokraten, welche an eine Einigkeit ihrer Gegner nicht geglaubt hatten. Das edelmütige Entgegenkommen Lincolns ebnete wesentlich die Bahn für die Entstehung der neuen großen Partei, deren hervorragendster Führer er selber werden sollte, und so trug der Schritt, der ihm zunächst eine Verzichtleistung auf einen hohen Lieblingswunsch abverlangte, ohne daß er's geahnt und geplant, doch wesentlich dazu bei, ihn zur Stufe höherer Ehre emporzuführen.

---

12. Kapitel.

Die Gründung der republikanischen Partei.

Die natürliche Folge des unheilvollen Kansas-Nebraska-Gesetzes begann sich bald zu zeigen; es war ein Bruch mit einer wohl überdachten gesetzlichen Bestimmung (dem Missouri-Kompromiß von 1820) und rief Gewaltthätigkeiten hervor. Douglas und seine Anhänger im Norden hatten vielleicht selbst nicht bedacht, daß ihr Gesetzantrag den Interessen der Sklaverei dienen sollte; ob Sklaverei in Kansas eingeführt werde oder nicht, sei ihm gleichgültig, hatte Douglas erklärt, an der Volkssouveränität allein sei ihm gelegen. Die Herren Sklavenhalter aber meinten es anders, ihnen war an der Volkssouveränität nichts gelegen, sondern alles an der Einführung der Sklaverei; ob der Wille der Bevölkerung zum Ausdruck komme, das galt ihnen nichts, wenn nur die Sklaverei im Territorium anerkannt würde. Darum schickten sie Haufen Gesindels von Missouri aus über die Grenze nach Kansas hinüber, so oft drüben eine Wahl gehalten werden sollte, und suchten die rechtlichen Bürger durch Gewaltthätigkeiten von der freien Ausübung ihres Stimmrechts zurückzuschrecken. Umgekehrt war auch die Antisklaverei-Partei darauf bedacht, Leute ihrer Gesinnung nach Kansas zu befördern; so bildeten sich in den Neu England-Staaten Gesellschaften zur Beförderung der Einwanderung nach dem Westen. Kurz, es kam beiden Parteien darauf an, das neue Gebiet, auf dem die Volksmajorität über eine so wichtige Frage entscheiden sollte, für sich in Beschlag zu nehmen. Draußen in Kansas gerieten dann die Parteien aneinander, es gab heftige politische Kämpfe, die oft in Mord und Totschlag endeten, so daß das schöne, von der Natur so gesegnete Gebiet den Namen des „blutigen" Kansas davontrug.

Über die ganze damalige Lage und über die Stellung Lincolns zu derselben gibt ein Brief, den er in dieser Zeit an einen früheren Freund, einen Anhänger der Sklavenhalterpartei geschrieben hat, die beste Auskunft. Mit Weglassung des nur Nebensächlichen seien hier Lincolns Worte in etlicher Ausführlichkeit wiedergegeben. Er schreibt:

„Sie geben zu verstehen, daß Sie und ich in unsern jetzigen politischen Ansichten und Handlungen auseinandergehen würden. Nun, Sie wissen, daß ich die Sklaverei mißbillige, und Sie geben, wie ich weiß, zu, daß dieselbe an sich ein Unrecht sei; insofern ist zwischen uns keine Verschiedenheit. Aber Sie sagen, daß Sie eher die Union aufgelöst zu sehen wünschen, ehe Sie Ihr gesetzliches Recht auf einen Sklaven aufgeben wollten, besonders wenn Leute Sie darum ersuchen, die das gar nichts angeht. Ob nun jemand Sie um Aufgabe dieses Ihres Rechtes ersucht hat, das weiß ich nicht; ich erkenne in Bezug auf die Sklaven vollständig Ihre konstitutionellen Rechte und meine konstitutionellen Pflichten an.

„Ich gestehe, ich sehe es ungern, daß man die armen Geschöpfe hetzt und einfängt und unter die Peitsche zur unbezahlten Arbeit zurückführt, aber ich beiße mich auf die Lippen und bleibe still. Im Jahre '42 machten Sie und ich eine Reise auf dem Dampfboote von Louisville nach St. Louis. Sie werden sich erinnern, daß da zehn oder zwölf Sklaven sich an Bord befanden, die eiserne Ketten trugen. Jener Anblick machte mir fortwährende Qual, und jedesmal, wenn ich an den Ohio oder an eine andere Sklavengrenze komme, sehe ich etwas Ähnliches. Es ist nicht recht, wenn Sie annehmen, daß eine Sache mich nichts angeht, welche anhaltend geeignet ist, mein Gefühl zu beleidigen; Sie sollten anerkennen, daß die Masse des nördlichen Volkes seinen Gefühlen großen Zwang anthut, um seine Anhänglichkeit an die Konstitution und an die Union aufrecht zu erhalten. Ich widersetze mich der A u s d e h n u n g der Sklaverei, weil mein Urteil und meine Gefühle mich dazu zwingen. Wenn Sie und ich deswegen uneinig sein müssen, so kann ich es nicht helfen.

„Sie sagen, wenn Sie Präsident wären, würden Sie die Urheber und Leiter der von den Missourier Grenzstrolchen in Kansas begangenen Gewaltthaten hängen lassen; und zugleich sagen Sie: Wenn Kansas selbst in e h r l i c h e r Weise dafür stimmt, als ein Sklavenstaat in die Union aufgenommen zu werden, so muß es zugelassen werden, oder — die Union muß auseinandergehen. Wie aber, wenn es in u n e h r l i c h e r Weise dafür stimmt, ein Sklavenstaat zu werden, d. h. durch Anwendung eben der Mittel, wegen deren Sie die Leute gehenkt sehen wollen? Muß es dann auch entweder aufgenommen werden, oder die Union muß auseinandergehn? So wird die Frage liegen, wenn sie eine praktische geworden sein wird.

„Ihre Forderung, daß die Sklavenfrage in Kansas e h r l i c h entschieden werde, weiß ich zu schätzen, und dennoch würde ich in Bezug auf das Nebraska=Gesetz andrer Meinung sein als Sie. Ich halte diese Verordnung von Anfang an für gar kein Gesetz, sondern für eine Gewaltthat. Sie ward gewaltthätig entworfen, gewaltthätig zum Gesetz erhoben und als solches gewaltthätig aufrecht erhalten und vollzogen. Die Aufhebung des Missouri=Kompromisses war, kraft der Konstitution, nichts weiter als ein Akt der Gewaltthat; die Verordnung hätte nicht zum Gesetz gemacht werden können, wenn nicht viele Mitglieder mit gröblicher Mißachtung des ihnen wohlbekannten Willens ihrer Wähler für dasselbe gestimmt hätten, und die deutliche Forderung der Wähler, das Gesetz wieder aufgehoben zu sehen, wird in rücksichtsloser Weise mißachtet.

„Sie sagen, Sie würden jene Grenzstrolche hängen lassen wegen der Art, wie sie das Gesetz ausgeführt haben, aber die Art dieser Leute ist um kein Haar schlechter als die der anderen, es wird gerade in derselben Weise ausgeführt, wie es von Anbeginn beabsichtigt worden ist.

„Daß Kansas sich eine Konstitution geben wird, welche die Sklaverei zuläßt, halte ich für eine ausgemachte Sache; bei den Mitteln, die dafür angewendet werden, und welche Sie so herzlich verdammen, läßt sich das gar nicht anders erwarten.

„In meiner bescheidenen Sphäre werde ich die Wiederherstellung des Missouri-Kompromisses befürworten, solange Kansas ein Territorium ist, und wenn es mit allen schmutzigen Mitteln als Sklavenstaat in die Union aufgenommen zu werden sucht, werde ich dagegen stimmen. In meiner Opposition gegen die Zulassung von Kansas werde ich nicht allein stehen; aber wir können besiegt werden. Unterliegen wir, so werde ich deswegen nicht versuchen, die Union aufzulösen. Übrigens halte ich es für wahrscheinlich, daß wir unterliegen. Da ihr als eine Einheit zusammenhaltet, so könnt ihr, direkt und indirekt, genug von unsern Leuten bestechen, um den Sieg davonzutragen. Versichert euch eines Mannes im Norden, dessen Stellung und Fähigkeit derart ist, daß er eure Maßregel als eine demokratische Partei-Notwendigkeit aufzustellen und zu stützen vermag, und dann ist die Sache gemacht. Lassen Sie mich Ihnen ein Geschichtchen erzählen, um Ihnen zu zeigen, wie es zugeht. Douglas stellte den Nebraska-Antrag im Januar. Im Februar hielt die Legislatur von Illinois eine Extrasitzung. Von den 100 Mitgliedern beider Häuser waren ungefähr 70 Demokraten. Dieselben hielten eine besondere Parteiversammlung, in welcher über den Nebraska-Antrag verhandelt wurde. Dabei stellte sich heraus, daß unter den 70 Gliedern der Versammlung, wie mir ein glaubwürdiger Mann erzählt hat, nicht mehr als drei für den Antrag waren. Binnen wenigen Tagen lief ein Befehl von Douglas ein, daß Beschlüsse zu Gunsten des Gesetzes gefaßt werden sollten, und siehe da, diese Beschlüsse wurden mit großer Majorität gefaßt; die Schnelligkeit, mit der man sich dazu bekehrt hatte, die Weisheit und Gerechtigkeit des Gesetzes anzuerkennen, war geradezu erstaunlich.

„Sie sagen, wenn Kansas wirklich dafür stimme, als ein freier Staat aufgenommen zu werden, so würden Sie als Christ sich darüber freuen. Alle anständigen Sklavenhalter sprechen so, und ich zweifle nicht an ihrer Aufrichtigkeit. Aber die Abgabe Ihres Stimmzettels wird nie mit Ihren Äußerungen stimmen. Sie können in einem Privatbriefe sagen, Sie würden sich freuen, Kansas als freien Staat zu sehen, aber Sie werden niemals für einen Kongreßabgeordneten stimmen, der öffentlich so zu sagen wagte; so ein Mann könnte in keinem Sklavenstaate gewählt werden. Die Sklavenzüchter und Sklavenhändler bilden eine kleine und verachtete Klasse von Leuten unter euch, und dennoch schreiben sie euch in der Politik vor, was ihr thun sollt, und sie sind so vollständig eure Herren und Gebieter, wie ihr die eurer Neger seid."

Mit Freimütigkeit und mit ausgezeichneter Klarheit spricht sich Lincoln in diesem Briefe über die damalige Sachlage aus, er durchschaut die Pläne und die Verfahrungsweise der Sklavenpartei und macht sich über die bevorstehenden Konflikte keine Täuschung; nur in dem einen hat er geirrt oder vielleicht in absichtlicher Bescheidenheit sich zurückhaltend ausgesprochen, er unterschätzte die Macht der von ihm selbst vertretenen Ideen, er redet nicht von einem gewissen Siege, sondern von der Möglichkeit und Wahrscheinlichkeit einer Niederlage.

Lincoln nannte sich selbst noch einen Whig, er liebte den alten Parteinamen und die alten Parteiverbindungen, aber immer mehr mußte er sich ihrer entwöhnen. Die Verhältnisse waren durch das Hervortreten der Sklavenfrage verschoben. Die alte Whigpartei hatte ihre Anhänger auch im Süden gehabt, durch die Interessen der Sklaverei waren die südlichen Glieder von der Partei getrennt; dagegen gab's im Norden innerhalb der demokratischen Partei eine große Anzahl Gesinnungsgenossen, die in der Hauptfrage mit den Whigs übereinstimmte. Die Opposition gegen die Anmaßungen der Sklavenhalter und gegen die Gewährung weiterer Rechte an dieselben vereinigte, was bisher getrennt gewesen war. Es galt, die Elemente, die in der Gesinnung zusammenstimmten, auch durch eine äußere geordnete

Organisation zu einem Ganzen zu verbinden. Unter Lincolns thätigster Mitwirkung ward im Mai 1856 in Bloomington die republikanische Partei in Illinois gegründet, eine Platform angenommen, Kandidaten für die Staatsämter aufgestellt und Abgeordnete für die republikanische Nationalkonvention in Philadelphia ernannt. Zu diesen Abgeordneten gehörte selbstverständlich auch Lincoln. Während des Wahlkampfes arbeitete er dann mit Eifer für die republikanischen Kandidaten Fremont und Dayton und hatte die Freude zu sehen, daß in den politischen Ansichten des Volkes von Illinois eine Umwälzung stattgefunden hatte, wenn auch im ganzen der Sieg wieder auf der Seite der Demokraten blieb, deren Präsident Buchanan erwählt wurde.

Ein kleiner Zwischenfall kam während dieses Wahlkampfes vor, welcher zeigte, wie gut es Lincoln verstand, einem Gegner die Waffe aus der Hand zu nehmen und sie schlagfertig zum eignen Siege zu gebrauchen. Während einer Wahlrede rief ihm ein ordinärer Mensch aus dem Zuhörerkreise, offenbar in der Absicht, ihn zu kränken, zu: Herr Lincoln, ist es wahr, daß Sie barfuß und als Ochsentreiber hier ins Land gekommen sind? Lincoln war eine Zeitlang stille, gleichsam überlegend, ob er eine so gemeine, hämische Frage überhaupt einer Antwort würdigen solle; dann fuhr er mit größter Ruhe fort: „ich glaube, daß hier in der Versammlung ein Dutzend Männer sind, welche diese Thatsache bezeugen können, Männer, von denen jeder einzelne achtbarer als der Fragesteller ist.“ Und dann begann er, durch die Frage gleichsam begeistert, zu zeigen, wieviel er selbst den freien Institutionen seines Landes zu danken habe, wies hin auf die übeln Folgen der Sklaverei für den armen weißen Mann und fragte, ob es nicht natürlich sei, daß er die Sklaverei hasse und dagegen arbeite. „Ja," sagte er, „wir wollen für Freiheit und gegen Sklaverei sprechen, solange unsre Konstitution uns Redefreiheit garantiert, bis auf jedem Fleck Amerikas, wo die Sonne scheint und der Regen fällt und der Wind weht, kein Mensch mehr in Sklavenbanden gefunden wird."

---

13. Kapitel.

Der Kampf gegen Douglas.

Einer der einflußreichsten Vorgänge in Lincolns Leben war sein Kampf mit Senator Douglas im Jahre 1858 um den Sitz im Bundessenate, der durch den Ablauf des Amtstermins Douglas' erledigt war. Douglas war um ein weniges jünger als Lincoln, auch er war seiner Zeit arm nach Illinois gekommen, hatte sich aber durch sein glänzendes Talent schnell von Stufe zu Stufe der politischen Ehren emporgeschwungen, seine Laufbahn war ein anhaltender politischer Triumph gewesen, er war der anerkannte Führer der demokratischen Partei in Illinois, und nicht ohne Aussicht auf Erfolg hatte er das hohe Ziel im Auge, das Haupt der ganzen Demokratie des Landes zu werden und das höchste Ehrenamt unserer Republik davonzutragen. In einer seiner damals gehaltenen Reden spricht sich Lincoln über den Unterschied in seiner eigenen Laufbahn und der seines großen Gegners klar aus. Er sagt:

„Vor zweiundzwanzig Jahren wurden Douglas und ich zuerst bekannt; wir waren damals beide jung, ich beinahe so jung wie er. Was mich betrifft, so ist mein ehrgeiziges Streben fehlgeschlagen, total mißglückt, das seinige ist mit glänzendem Erfolge gekrönt worden. Seinen Namen kennt die ganze Nation, und selbst in fremden Landen ist er nicht unbekannt. Die hohe Stellung, die er erreicht hat, ist in meinen Augen nicht zu verachten, und hätte ich eine solche Stellung in der Weise erreicht, daß meine unterdrückten Mitmenschen gleich mir einen Anteil an dieser Erhöhung gehabt hätten, so möchte ich eine solche lieber annehmen, als die kostbarste Krone, die je ein Mensch auf sein Haupt setzte."

Hier deutet Lincoln mit schlichter Offenheit auf das hin, was er als den Hauptunterschied zwischen sich und Douglas betrachten durfte. Letzterer hatte seine hohe Stellung erworben, ohne darauf zu sehen, daß seine unterdrückten Mitmenschen einen Anteil, oder Vorteil und Segen, von seiner Erhöhung hätten, er hatte wesentlich für sich, aus Gründen der Selbstsucht, nach Großem gestrebt. Er selbst, Lincoln, war gegen eine ehrenvolle Stellung durchaus nicht gleichgültig, aber um den Preis, welchen Douglas dafür bezahlt, um die Preisgebung des gemeinnützigen Sinnes, um die Verleugnung des Mitgefühls mit den gedrückten Mitmenschen, wäre sie ihm zu teuer erkauft gewesen.

Douglas hatte im Jahre 1854, jedenfalls schon auf die Präsidentschaft spekulierend, dem Süden ein Geschenk dargebracht, das ihm die Gunst der Sklavenstaaten zuwenden mußte; er hatte durch seine Nebraska-Bill eine Schranke durchbrochen, welche dem Süden die Ausdehnung seiner Lieblingsinstitution, der Sklaverei, in den Territorien nördlich und westlich von Missouri verwehrte. Natürlich hatte er nicht gerade heraussagen können, daß er den Antrag zu Gunsten der Sklavenstaaten gestellt habe, sondern er gebrauchte das schöne

Wort von der Volkssouveränität, spielte sich als den Verfechter der Volksfreiheit auf und erhielt mit dem Zauber dieses Schlagwortes immer noch die Massen des oberflächlich urteilenden Volkes an seinen Triumphwagen gekettet. Allerdings hatte er merken müssen, daß er einen politischen Fehler begangen; einen großen Teil seiner nördlichen Parteigenossen hatte er sich entfremdet, und eine neue, mächtig aufstrebende Partei drohte der siegreichen Demokratie erfolgreicheren Widerstand zu bereiten als die alte Whigpartei. Noch einmal hatte die demokratische Majorität in der Wahl Buchanans gesiegt, aber die Gegensätze der Parteien verschärften sich von Tag zu Tag, und alle andern politischen Fragen traten zurück hinter der einen: sollten die fortschreitenden Ansprüche der Sklavenhalterpartei noch länger geduldet werden oder nicht?

Die Bundesregierung unter Buchanans Administration, ja der höchste Gerichtshof des Landes selbst in dem berüchtigten „Dred Scott-Prozesse"*) machten sich zu

*) Der Sklave Dred Scott war von seinem Herrn, dem Armeechirurgen Dr. Emerson, von St. Louis mit nach Fort Snelling, Minn., genommen, hatte sich dort mit Einwilligung seines Herrn verheiratet und nahezu wie ein freier Mann gelebt. Darauf wurde die ganze Familie wieder nach Missouri zurückgenommen und verkauft. Dred wollte sich widersetzen und wurde dafür ausgepeitscht. Er strengte einen Prozeß behufs seiner Befreiung an, weil durch seine Ansiedelung in dem Freistaate Minnesota sein Sklavenverhältnis gelöst sei. Aber nach einem langwierigen Prozesse entschied endlich der Oberbundesrichter Taney: Neger, seien sie frei oder Sklaven, sind nicht Bürger der Vereinigten Staaten und können auf keinem von der Konstitution vorgeschriebenen Wege solche werden; ein Neger kann unter den Gesetzen der Vereinigten Staaten weder als Angeklagter noch als Kläger in einem Prozesse auftreten, er ist vor dem Gesetz keine Person, sondern ein Eigentum. Daher hat das Gericht in dem Dred Scott-Falle keine Jurisdiktion, und die Klage ist abzuweisen.

Werkzeugen und Dienern der Sklavenhalterpartei. Es mußte Douglas einigermaßen unheimlich werden auf der Seite, auf welche er sich gestellt hatte, und er mußte seinen nördlichen Anhängern zeigen, daß er nicht ganz mit der Sklavenhalterpartei in dasselbe Horn blies.

Der Plan, Kansas zu einem Sklavenstaate zu machen, ging seiner Verwirklichung entgegen. Eine Legislatur wurde dort erwählt von Leuten, welche großenteils nicht einmal in Kansas ansässig waren. An dieser Wahl teilzunehmen, hatten sich die Freistaat-Leute, die drei Vierteile der Bevölkerung ausmachten, geweigert, weil sie ungesetzlich sei. Die Legislatur wiederum hatte die Wahl einer konstituierenden Versammlung angeordnet, die eine Verfassung für den neuen Staat ausarbeiten sollte; abermals beteiligte sich die Freistaat-Partei nicht an dieser Wahl, weil sie, von einer ungesetzlichen Behörde angeordnet, selbst ungesetzlich sei. Die Versammlung entwarf natürlich eine Verfassung, die Lecompton Constitution, durch welche der neue Staat zum Sklavenstaat gemacht werden sollte. Der Gouverneur von Kansas, zur Freistaat-Partei gehörig, reiste sofort nach Washington, um gegen die Anerkennung dieser Konstitution durch den Kongreß zu protestieren, aber die demokratische Majorität im Kongresse, und Präsident Buchanan mit ihr im Bunde, hatte es noch eiliger gehabt, und als der Gouverneur ankam, war's schon zu spät; die Aufnahme von Kansas als Sklavenstaat war schon zur beschlossenen Thatsache gemacht.

Da erkannte denn doch Douglas, daß das zu weit ging, und er hatte das Glück, zugleich seiner eigenen Überzeugung folgen zu dürfen und dabei auch seinen eigenen Vorteil im Auge zu haben. Die Vergewaltigung seitens der Sklavenhalter in Kansas war zu maßlos; das war keine Volkssouveränität, was da zum Ausdrucke gekommen war, wo ein Viertel der Bevölkerung durch Betrug und Gewalt dem übrigen Teile ein entschieden verhaßtes Gesetz aufgezwängt hatte. Während nun Buchanan den Begehrlichkeiten der Sklavenhalter in selbstsklavischer Weise entgegenkam, widersetzte sich dem Douglas und führte in der ganzen Kongreßperiode einen mannhaften Kampf gegen die Administration zu Gunsten der Majorität des Volkswillens. Das war jedenfalls ein gutes Werk und von ihm auch in aufrichtiger Überzeugung verfochten, zugleich aber brachte es ihm den Vorteil, daß es seinen erschütterten guten Ruf in den Augen der nördlichen Demokratie wiederherstellte. Man sagte sich im Norden: Unser Douglas ist doch kein so feiler Diener der Sklavenbarone, sondern er hat ein scharfes Schwert, das schwingt er nach beiden Seiten, gegen rechts und links, er ist ein Feind aller Bevormundung, er will nichts als Freiheit und Volkssouveränität, und Douglas glaubte das am liebsten selbst.

Das waren die Verhältnisse, unter welchen Douglas nach Illinois zurückkehrte, um seine Wiederwahl für den Senat zu betreiben. Selbst manche Republikaner, namentlich im Osten, die Douglas nicht so genau kannten, ließen sich durch die schönen Worte blenden und meinten, es sei nicht nötig und geraten, daß ihre Partei einem solchen Manne entgegenwirke, es sei nicht nötig, daß die republikanische Partei ihm einen Kandidaten entgegenstelle, er sei ja selbst so gut wie ein Republika=

ner, ein Verteidiger der Freiheit, er sei ein Mann, auf den sich alle Parteien einigen könnten, und der dem Lande Frieden geben könnte.

Lincolns Freunde, die Republikaner von Illinois, hatten eine andere Ansicht, sie trauten den schönen Reden von Freiheit nicht. Sie stellten Lincoln als Gegenkandidaten auf, und Lincoln nahm die Ernennung mit ganzem Eifer an. Es war gewiß nicht bloßer persönlicher Ehrgeiz von seiten Lincolns, wenn er danach trachtete, der Nachfolger Douglas' im Senate zu werden. Gewiß, das hat er ja selbst freimütig zugestanden, die Würde eines Senators der Vereinigten Staaten hatte einen hohen Reiz für ihn; er müßte ja kein Amerikaner gewesen sein, wenn nicht die ihm eröffnete Aussicht ihn mit begeistertem Streben erfüllt hätte. Aber das war's doch nicht allein; nicht nur der selbstische Wunsch erfüllte ihn, eine Stellung einzunehmen, in der jetzt ein anderer stand, sondern er war von der tiefen Überzeugung erfüllt, daß es nicht zum Heile des Landes diene, wenn ein Mann wie Douglas auf die Gesetzgebung und auf die Geschicke des Landes den maßgebenden Einfluß behielte und in demselben sich befestigte. Er war mit einem Worte davon überzeugt, daß der Einfluß Douglas' ein im wesentlichen unheilvoller sei. Daß derselbe in letzter Zeit einem offenbaren Unrechte sich mannhaft widersetzt hatte, das war in Lincolns Augen kein Beweis, daß er in seiner innersten Gesinnung umgewandelt sei, und nach dieser innersten Gesinnung mußte der von ihm ausgehende Einfluß ein unheilvoller sein, denn er war ein Mann ohne Herz, ohne Mitgefühl für seine leidende Mitmenschheit, wenigstens für einen

Teil derselben, den er kaum für Mitmenschheit anerkannte.

Für Douglas war die Sklavenfrage so gut wie nicht vorhanden, sie war ihm eine Nebensache. Natürlich er selbst, als Bürger eines Nordstaates, war kein Sklavenhalter und hatte wohl auch keine Lust, ein solcher zu werden, aber, so dachte er, wenn die Bürger der Südstaaten nun einmal ihr geliebtes Institut nicht nur beibehalten, sondern auch überallhin verpflanzt haben wollten, warum sollte man ihnen das nicht gestatten? Wurde die Sklaverei von irgend einem Territorium durch die Volksmajorität ausgeschlossen, gut, so war Douglas damit zufrieden; wurde sie nicht ausgeschlossen, sondern anerkannt, so war's ihm auch recht. Ob in einem neuen Territorium Sklaverei oder Freiheit aller gelten sollte, das war für Douglas geradeso Nebensache, als ob sie über die Frage abzustimmen hätten, ob schwarze oder weiße Hüte auf dem Kopfe getragen werden sollen; das können die Leute selber machen, wie sie wollen, und es geht niemand sonst etwas an. Wußte Douglas nicht, daß er damit nur den Sklavenhaltern in die Hände arbeitete? daß diese nichts Geringeres beabsichtigten, als erst einen und dann noch einen und dann noch mehrere von den neuzubildenden Staaten für die Sklaverei zu eröffnen, immer entschiedener die Majorität im Kongresse zu gewinnen und endlich durch Bundesgesetz zu bestimmen, daß ein freigeborner amerikanischer Bürger sein schwarzes Eigentum, seien es ein Paar Stiefel oder ein paar Neger, überallhin im Gebiete der Vereinigten Staaten mit sich nehmen dürfe, daß schließlich der Sklavenhalter sich auch im Staate Illinois und in

Pennsylvanien niederlassen und seine Sklaven mit sich bringen dürfe, so gut wie seine Pferde? O ja, Douglas wußte das, aber er wollte es nicht wissen und wollte es nicht sagen, er durfte kein entschiednes Wort gegen die begehrlichen Anmaßungen der Sklavenhalter äußern, denn nur mit Hilfe derselben konnte er hoffen, das Ziel seines Ehrgeizes zu erreichen und einmal Präsident zu werden.

Um was es sich eigentlich hier handelte, das durchschauten damals nur wenige. Daß es sich hier nicht bloß darum handelte, wie der nächste Senator von Illinois heißen solle, welche Partei die Verteilung der Ämter in die Hand bekomme, sondern daß eine Frage vorlag, deren Beantwortung die Geschicke Amerikas auf Jahrhunderte hinaus bestimmen müsse, ja daß es eine Frage sei, an deren Lösung die ganze Menschheit Interesse nehmen müsse, das klarzulegen war Lincolns großes Verdienst.

Die ganze Sachlage ist wieder am besten mit Lincolns eigenen Worten gezeichnet. Er sagt:

„Könnten wir vor allen Dingen wissen, wo wir uns befinden und wohin wir streben, so würden wir besser wissen, *was* wir zu thun haben, und *wie* wir es thun sollten. Wir sind jetzt weit in das fünfte Jahr vorgeschritten, seit eine Politik mit dem anerkannten Zwecke und mit dem festen Versprechen eingeschlagen wurde, der Agitation der Sklavereifrage ein Ende zu machen. Der Erfolg dieser Politik ist gewesen, — daß diese Agitation nicht allein *nicht* aufgehört, sondern fortwährend zugenommen hat. Meiner Meinung nach *wird* sie nicht aufhören, bis eine Krisis (ein Entscheidungskampf) eintritt und überwunden wird. Ein baufälliges Haus kann nicht Bestand haben. Ich glaube, die Bundesregierung *kann* auf die Dauer nicht halb Sklaverei, halb Freiheit sein. Ich erwarte nicht, daß die Union aufgelöst — daß das Haus einstürzen — werde, aber ich erwarte, es werde aufhören, baufällig zu sein. Das eine oder das andere wird eintreten. Entweder werden die Gegner der Sklaverei der weiteren Ausdehnung derselben Einhalt thun und sie auf den Raum beschränken, auf dem sie, wie das Volk zu glauben geneigt ist, im Laufe der Zeit schließlich erlöschen wird, oder ihre Fürsprecher werden sie fördern, bis sie in allen Staaten, in den alten sowohl wie in den neuen, im Norden sowohl wie im Süden, gleichmäßig gesetzlich geworden ist."

Die Einzelheiten des politischen Kampfes zwischen den beiden Gegnern genauer zu verfolgen, ist hier nicht der Ort. Nach Verabredung trafen sie an bestimmten Tagen an je einem Orte zusammen und hielten, in der Reihenfolge abwechselnd, ihre Reden vor dem Volke. Nicht nur ganz Illinois, sondern das ganze Volk der Vereinigten Staaten schaute mit Interesse auf diesen Redekampf. Auch sonst zog Lincoln gewissermaßen den Fußstapfen Douglas' nach, und überall, wo derselbe gewesen war, suchte er — man darf es wohl so bezeichnen — die Heuchelei der Ausführungen seines Gegners zu beleuchten. Lincoln hatte hierbei den großen Vorteil, daß er offen, gerade und frei seine innerste Überzeugung aussprechen durfte. Er haßte die Sklaverei, er hielt sie für ein sittliches Unrecht, für einen Widerstreit mit den Grundsätzen unserer Verfassung; ihre Verewigung war in seinen Augen ein Übel, ihre Ausdehnung über neue Gebiete ein Verbrechen. Das war seine Überzeugung, und er durfte sie aussprechen im Bewußtsein, daß er recht habe, und in der Zuversicht, daß er damit Anklang finden werde. Douglas dagegen mußte sozusagen lavieren, er mußte sich in acht nehmen, nicht zu viel und nicht zu wenig zu sagen, er durfte nicht zu viel zu Gunsten der Sklaverei sagen, um seine nördlichen Parteigenossen nicht vor den Kopf zu stoßen, und er durfte nicht zu viel vom Segen und vom Rechte der freien Arbeit reden, um sich nicht dem Süden gegenüber als Kandidat für die Präsidentschaft unmöglich zu machen.

Das Resultat des Wahlkampfes war, daß die Maschinerie des Parteiwesens noch einmal den Sieg davontrug. In der Legislatur wurde Douglas durch die demokratische Majorität als Senator erwählt. Lincoln fühlte sich durch dies Resultat zunächst natürlich enttäuscht, zumal er den unverkennbaren Eindruck gehabt, daß er vor dem Richterstuhl der Volksstimme seinen Gegner überwunden habe. In seiner humorvollen Weise antwortete er einem Freunde auf die Frage, wie ihm zu Mute gewesen sei, als er den Bericht von seiner Niederlage gelesen: „Wie jenem Jungen, der sich den Fuß verstaucht; zum Lachen fühlte er sich zu schlecht, und zum Weinen kam er sich selber zu groß vor."

14. Kapitel.

Der Kampf um die Präsidentschaft.

Durch den Ausgang der Senatorwahl war Lincoln noch einmal, wie man zu sagen pflegt, kaltgestellt. Sein regelmäßiges Geschäft, die Advokatenpraxis, hatte selbstverständlich durch die mannigfachen Unterbrechungen Einbuße erlitten, und man wird es natürlich finden, wenn er sich demselben auch in gewissem Grade entfremdet fühlte, gleichwie es dem, der eine Zeitlang vierspännig gefahren, nicht gleich munden will, wenn er wieder zum Schubkarren greifen soll. Daß sein eigentlicher Beruf auf dem Gebiete der Politik lag, mußte er selbst fühlen, daß die republikanische Partei, für deren Entstehung und Erstarkung er so viel gethan, ihn, sobald sie zum Ruder kommen werde, nicht in der Verborgenheit des Privatlebens sitzen lassen durfte und wollte, das wußte er recht wohl. Er mußte also naturgemäß die Zwischenzeit bis zu einer neuen politischen Campagne als eine Ruhepause betrachten. Er benutzte dieselbe merkwürdigerweise zu einer Beschäftigung, die von der Beweglichkeit seines Geistes zeugt, womit er an allem, was überhaupt wissenswert ist, Interesse nahm. Er begann sich als Schriftsteller zu beschäftigen, und zwar wollte er eine Geschichte der menschlichen Erfindungen schreiben von Thubalkain an, dem ersten Meister in Erz und Eisen, bis auf die Neuzeit. Er ist jedoch mit diesem Werke, das ein sehr umfangreiches hätte werden müssen, nicht sehr weit gediehen, die politischen Bewegungen führten ihn bald wieder zu den Fragen der Gegenwart zurück.

Bald stellte sich heraus, daß der politische Feldzug, den er gegen Douglas geführt, obgleich der nächste Kampfpreis, die Senatorwürde, ihm entgangen, doch nicht vergeblich gewesen war. Ein mächtiger Umschwung in der Stimmung der Bevölkerung hatte sich vollzogen, das Volk des Nordens war aufgewacht, und die Augen des Landes, vornehmlich der Bevölkerung des Westens, richteten sich auf Lincoln als auf den berufenen Führer der republikanischen Partei.

Im Mai 1859 war Lincoln als Zuschauer bei der republikanischen Staatskonvention von Illinois in Decatur zugegen. Als er in die Halle eintrat, wurde er mit einer Begeisterung begrüßt, wie sie nur wenigen entgegenkommt, die eine Niederlage erlitten; diese Zeichen allgemeiner Achtung und Anhänglichkeit ließen keinen Zweifel darüber, daß seine Niederlage durch einen größeren Triumph ausgeglichen werden sollte. Gouverneur Oglesby kündigte an, daß ein alter Demokrat und jetziger Republikaner der Versammlung ein Geschenk zu machen wünsche. Darauf wurden zwei alte Fenzriegel in den Saal getragen, mit bunten Bändern umwickelt und mit der Umschrift: „Abraham Lincoln, der ‚Fenzriegel-Kandidat' für die Präsidentschaft im Jahre 1860. Zwei Riegel aus einer Partie von 3000 Stück, verfertigt im Jahre 1830 von Abraham Lincoln." Die Wirkung, welche dieser Aufzug bei der schon aufgeregten Versammlung hervorbrachte, können sich nur diejenigen vorstellen, die einmal selbst Zeugen vom Ausbruch einer solchen unwillkürlichen Massenbegeisterung gewesen sind; die Jubelrufe dauerten fünfzehn Minuten lang, bis endlich die Stimmkräfte der Begeisterten erschöpft waren.

Unstreitig war nach einer Beziehung das von Lincolns Freunden aufgeführte Schaustück, wodurch er als der „Fenzriegel-Kandidat" beim Volke eingeführt wurde, ein glücklicher Griff; es stellte ihn dar als das, was er wirklich war, als den Sohn des arbeitenden Volkes, als den Freund ehrlicher, freier Arbeit. Allein auf der andern Seite mußte es doch auch dazu dienen, in den Kreisen, die auf Erziehung und Bildung Gewicht legen, daheim und auswärts, manch ungünstiges Vorurteil wider ihn zu erregen. Nicht als ob diese Kreise ein Vorurteil gegen freie Arbeit hegten oder den Mann wegen seiner geringen Herkunft verachteten, sondern weil hier eine Fertigkeit in den Vordergrund gestellt ward, die doch mit der Befähigung zur Präsidentschaft im Grunde wenig zu thun hat. Wenn man namentlich bedenkt, wie ein Mann dadurch, daß er die Nomination für ein öffentliches Amt erhält, in den Zeitungen des Landes zum Gegenstande der rücksichtslosesten Beurteilung, zur Zielscheibe des Witzes und der Verdächtigungen gemacht wird, so kann man sich wohl denken, wie viele Vorurteile sich gegen einen Mann erwecken ließen, von dem es hieß: seine Freunde wissen nichts Besseres von ihm zu sagen, als daß er ein guter Fenzriegelspalter ist. Jahre mußten vergehen, ehe das Land und die Mitwelt erkannte, daß Lincoln nicht ein ungebildeter Bauer, sondern ein Mann von tiefer Bildung des Geistes und des Herzens, ein Staatsmann im vollen Sinne des Wortes war.

Die zweite Hälfte des Jahres 1859 und die erste Hälfte des nächsten waren durch verschiedene große Reisen ausgefüllt, die Lincoln teils in Privatangelegenheiten, teils im Interesse seiner Partei unternahm, nach Kansas, nach Ohio, nach New York und den Neu England-Staaten. Überall wurde er natürlich schon nicht mehr als bloßer Privatmann, sondern als der Vertreter einer großen, machtanstrebenden Partei aufgenommen. Auf den Inhalt der von ihm bei diesen Gelegenheiten gehaltenen bedeutenden Reden einzugehen, ist hier nicht der Ort. Lieber begleiten wir ihn auf einem politisch sehr wenig bedeutungsvollen Gange, bei dem uns die Güte seines Herzens entgegentritt. In New York brachte er mehrere Tage zu, um sich die Merkwürdigkeiten der Stadt anzusehen, zum Teil allein seine Wanderungen machend. Sein Weg führte ihn auch in die Sonntags-Schule der sogenannten Five Points, des verrufensten Stadtteils von New York, einer Stätte des Elendes und Verbrechens. Dort in der „Lumpenschule“ weilte er mit großer Aufmerksamkeit. Der Vorsteher bemerkte den fremden langen Herrn mit den gedankenvollen Gesichtszügen und sah, mit welchem Interesse derselbe auf alles achtete. Er lud ihn ein, eine Ansprache an die Kinder zu halten, und ohne sich lange nötigen zu lassen, nahm derselbe die Einladung mit einfacher Bescheidenheit an. Er erzählte den Kindern, wie er einst auch als Junge keine besseren Kleider angehabt wie sie, wie man aber in diesem schönen großen und freien Lande durch Arbeit und Redlichkeit mit Gottes Hilfe vorwärts kommen könne. Er sprach so herzgewinnend und so Interesse erregend zu den Kindern, daß alle seinen Worten lauschten, und als er aufhören wollte, da hieß es: "O, go on, Sir," und so noch einmal. Niemand wußte, wer er war, und als ihn der Vorsteher dankend nach der Thür begleitete, fragte er ihn nach seinem Namen. Als er dann hörte: „Abraham Lincoln aus Illinois,“ war er überrascht, den Namen des Redners zu hören, von dem am gestrigen Tage alle Zeitungen berichtet hatten.

Unterdessen hatten die Verhältnisse des Landes im ganzen einen Gang genommen, der zu einer großen Entscheidung treiben mußte, wenn man sich auch über die Tragweite derselben nicht allseitig klar war. Die südlichen Parteiführer wußten allerdings, wohin sie steuerten. Ihnen war innerhalb der Union der Vereinigten Staaten nicht mehr wohl; sie wollten einem Staatsganzen angehören, in welchem sie unbedingt herrschen konnten. So, wie die Sachen jetzt standen, fühlten sie innerhalb der Union den Boden von ihren Füßen weichen. Die Mehrzahl der Staaten gehörte jetzt der Freiheitspartei an, Californien war als Freistaat eingetreten, Kansas war ihnen trotz der Betrügerei mit der Lecompton-Konstitution wieder entrissen, der Nordwesten bevölkerte sich schneller als der Südwesten, sie konnten nicht darauf rechnen, durch Gründung neuer Sklavenstaaten die Majorität wieder zu gewinnen. Ihnen blieb kein Mittel als Secession, Trennung von der Union, entweder zu dem Zwecke, die Anhänger der Union zu den größten Zugeständnissen zu Gunsten der Sklaverei zu zwingen, damit der Friede und die Union erhalten werde, oder um durch einen glücklichen Krieg den Norden sich ganz zu unterwerfen oder wenigstens auf Grund einer bleibenden Trennung ein neues Gemeinwesen zu gründen, in welchem die Sklavenhalter allein das Heft in den Händen hätten. Daß sie dadurch die Gefahr eines großen Krieges heraufbeschworen, wußten sie wohl, und sie rüsteten sich darauf. Die Regierung Buchanans und seines Kabinets arbeitete ihnen in die Hände. Der Finanzminister sorgte dafür, daß die Staatskasse der Vereinigten Staaten geleert ward, der Kriegsminister füllte die Festungen und Arsenale des Südens auf Kosten der Vereinigten Staaten mit Kanonen und allerhand Kriegsbedarf, der Flottenminister sorgte dafür, daß die Kriegsflotte der Vereinigten Staaten in entlegenen Meeren verstreut war.

Mit Spannung sah das Land auf die Schritte der großen demokratischen Partei, die bisher die Leitung der Geschicke der Vereinigten Staaten in den Händen gehabt. Im April 1860 trat die große Nationalkonvention der demokratischen Partei in Charleston, S. C., zusammen, um einen neuen Präsidenten zu nominieren. Die Stimmen der nördlichen Demokraten waren natürlich für Douglas, den „Mann des Friedens,“ der mit seiner „Mir einerlei“-Politik es dahingestellt sein lassen wollte, ob Sklaverei oder Freiheit in den Vereinigten Staaten zur Herrschaft kommen solle. Hätte der Süden sich dazu verstehen mögen, diesen Vermittlungsmann anzunehmen, so wäre der große Entscheidungskampf wohl noch vertagt worden. Was dann weiter geschehen wäre, wer weiß das? Vom heutigen Standpunkte aus zurückblickend können wir doch nur sagen: Es ist gut, daß es nicht geschehen ist, daß der unseligen Halbheit ein Ende gemacht wurde, und daß durch den Gang der Entwicklung der große Schandfleck der Sklaverei vom Boden der Vereinigten Staaten, wenn auch durch schreckliche Opfer, getilgt worden ist. Die südliche Demokratie aber wollte kein Hinausschieben, keine Vermittelung, sie wollte nur einen „echten Mann,“ unter dessen Führung das „große Prinzip“ der Sklaverei gesichert sei, so daß keine „unfreundliche Legislatur die Sklaverei aus einem Territorium ausschließen dürfe,“ eine Herrschaft, unter der das „rechtmäßige Eigentum“ (die Sklaven) überall seinen Schutz finden würde.

Die demokratische Konvention in Charleston ging nach stürmischen Scenen resultatlos auseinander. Der unionstreue Teil vertagte sich auf den 18. Juni nach Baltimore, die andern nach Richmond. Die erstere Versammlung nominierte Douglas, die andere J.

Breckinridge, den damaligen Vizepräsidenten der Vereinigten Staaten und nachmaligen General der Rebellen-Armee. So in sich gespalten, hatte die demokratische Partei die Hoffnung preisgegeben, in der Nationalwahl den Sieg davonzutragen.

Unter diesen Umständen trat die republikanische Nationalversammlung in Chicago am 16. Juli 1860 zusammen. Das Resultat von Baltimore und von Richmond war dort noch nicht bekannt, aber es war vorauszusehen, und die Reihen der Republikaner waren von dem Bewußtsein erfüllt, daß, wenn anders sie einmütig handeln und eine gute Wahl treffen würden, ihnen der Sieg nicht fehlen könne. Eine ungemeine Menschenmenge war nach Chicago zusammengeströmt, und das große „Wigwam,“ das für die Abhaltung der Versammlung erbaut worden war, vermochte die Menge der Teilnehmer und Neugierigen nicht halb zu fassen; man wußte, daß der hier Ernannte der künftige Präsident der Vereinigten Staaten sein werde.

Unter den mancherlei Namen, welche von den Delegaten der einzelnen Staaten für die Präsidentschaft in Vorschlag gebracht wurden, waren, wie sich bald herausstellte, doch nur zwei, welche auf eine allgemeine Unterstützung rechnen konnten, das waren Lincoln und Gouverneur Seward von New York. Die gegründetste Aussicht auf die Nomination schien Seward zu haben, und noch am dritten Tage der Konvention waren seine Anhänger voll Siegeszuversicht. Seward hatte jedenfalls den bedeutendsten Ruf innerhalb der Partei. Er war ein anerkannt ausgezeichneter Staatsmann und war jahrelang der leitende Vertreter der Grundsätze gewesen, auf denen die republikanische Partei sich erbaut, und sein Staat New York, stolz auf seinen trefflichen Bürger, legte allein 70 Stimmen für ihn in die Wagschale. Gegen seinen Charakter und seine Befähigung zu dem Amte konnte von keiner Seite ein Einwurf vorgebracht werden, und es waren auch nur äußere Zweckmäßigkeitsgründe, die Bedenken mancher Delegaten, ob er in ihren Staaten die Majorität über Douglas davontragen könne, welche schließlich es rätlich erscheinen ließen, von ihm abzusehen. Genug, unter einer unbeschreiblichen Aufregung, die die Nerven starker und nüchterner Männer so erschütterte, daß sie wie Trunkene taumelten und sich so schwach fühlten, als seien sie eben von einem Fieber genesen, ward Abraham Lincoln nominiert, und das betäubende Triumphgeschrei, das sich vom Wigwam aus über die in den Straßen gedrängte Volksmenge fortsetzte, übertönte die Kanonenschläge, welche den Sieg des Lieblingssohnes von Illinois dem Lande ankündigten.

Während diese aufregenden Scenen in Chicago vor sich gingen, saß Lincoln in der Mitte weniger Freunde in der Office des „Springfield Journals", die Depeschen empfangend und besprechend. Es war einer der entscheidenden Augenblicke seines Lebens, von dem die künftige Gestaltung seines Lebens, die Stellung seines Namens in der Geschichte abhing, ob er an der Spitze seines Volkes die Geschicke desselben bestimmen oder in die Stille eines unbedeutenden Privatlebens zurücktreten solle. Endlich trat inmitten der höchsten Erregung ein Telegraphenbote mit der entscheidenden Depesche ein und erlaubte sich, wie man's ja wohl nennen muß, noch einen ziemlich unzarten Scherz. Er trat, ohne jemand sonst etwas zu sagen, feierlich auf Lincoln zu und redete ihn an: „Die Konvention hat die Wahl vollzogen, und Gouverneur Seward ist — der zweite Mann auf der Liste.“ Dann sprang er auf den Tisch und rief: „Meine Herren, bringen wir ein dreifaches Hoch auf Herrn Abraham Lincoln, den künftigen Präsidenten der Vereinigten Staaten.“ Stürmisch wurde der Aufforderung Folge geleistet. Dann übergab er Lincoln die Depesche, der sie erst schweigend und dann laut las. Nachdem sich die Aufregung gelegt, entfernte sich Lincoln mit den Worten: „Da ist eine kleine Frau an der achten Straße, die etliches Interesse an der Sache hat.“ Wie er im Schoße seiner Familie das Ereignis mitgeteilt hat, das entzieht sich der Mitteilung; schwerlich mit stürmischer Freude, denn er wußte wohl, daß er unter so erschwerenden Umständen und unter dem Gewicht einer so gewaltigen Verantwortung den Stuhl des Präsidenten zu besteigen habe, wie seit Washington kein anderer Präsident vor ihm.

Als an einem folgenden Tage die Deputation von Chicago ankam, um den Erwählten offiziell im Namen der Konvention von seiner Ernennung in Kenntnis zu setzen, erwiderte Lincoln dem Sprecher derselben:

„Herr Präsident und meine Herren vom Komitee. Ich spreche Ihnen und durch Sie der republikanischen Nationalversammlung und dem ganzen in ihr repräsentierten Volke meinen tiefgefühlten Dank für die hohe mir erwiesene Ehre aus, welche Sie mir jetzt formell ankündigen. Tief, ja peinlich durchdrungen von der großen Verantwortlichkeit, von der ich fast wünschen könnte, daß sie einem der weit bedeutenderen und erfahreneren Staatsmänner zugefallen sein möchte, deren Namen der Konvention vorlagen, werde ich mit Ihrer Erlaubnis die als die Platform bezeichneten Beschlüsse der Konvention zuvor in Erwägung ziehen und ohne unnötigen und unbilligen Verzug Ihnen, Herr Präsident, schriftlich darauf antworten, indem ich nicht zweifle, daß die Platform sich als befriedigend ergeben und die Nomination angenommen werden wird. Und nun will ich mir nicht länger das Vergnügen versagen, Ihnen und jedem von Ihnen die Hand zu schütteln."

So war nun Abraham Lincoln vor die Augen der Nation gestellt als Bewerber um den höchsten Ehrenposten, den zu erteilen in ihrer Macht stand. Zweiundfünfzig Jahre alt war er, als er diese Höhe erstieg. Eine lange, mühsame Wanderung hat ihn zu derselben emporgeführt. Geboren in niederen Verhältnissen, auferzogen in einer Wildnis, angewiesen auf die gewöhnlichste Handarbeit zur Beschaffung seines Lebensunterhalts, seine Bildung aus den spärlichsten Quellen schöpfend, in der Entwickelung seiner Talente ganz und gar auf sich selbst gestellt, hatte er sich, ohne von den Hilfsmitteln des Reichtums und des gesellschaftlichen Einflusses unterstützt zu sein, ohne sich durch Anwendung der Ränke gemeinen Ehrgeizes, durch das Buhlen um Volksgunst selbst zu erniedrigen, allein durch die mannhafte Trefflichkeit seines Herzens und seines Verstandes zur Anerkennung von seiten der Nation emporgearbeitet und war nun auf einen Höhepunkt gestellt, auf den sich das wohlwollende Interesse, die neugierige Nachfrage und die entschlossene Feindseligkeit Unzähliger nicht nur im eigenen Vaterlande, sondern in der ganzen gebildeten Welt richtete.

---

15. Kapitel.

Der Präsident.

Von nun an nahm begreiflicherweise Lincolns Leben eine andere Gestalt an, er gehörte von nun an der Öffentlichkeit an. Der Wechsel war auf der einen Seite ein ihm zusagender, denn mit Menschen in möglichst vielfältige Berührung zu kommen, war ihm von jeher das Liebste gewesen, und das konnte er nun ja reichlich haben. Auf der andern Seite lastete das Gefühl der zu übernehmenden Verantwortlichkeit schwer auf ihm. Das Bewußtsein der Würde, zu der er berufen, machte ihn nicht stolz, sondern eher demütiger, bescheidener; es fiel ihm gar nicht ein, daß er sich als etwas anderes, Höheres ansehen könnte als zuvor, und mit gleicher ungekünstelter Herzlichkeit empfing er in seinem Hause den Besuch des alten Mütterchens, die herbeigekommen war, um den alten Bekannten wiederzusehen, dem sie vor Jahren einmal in ihrem Hause mit Milch und Brot aufgewartet hatte, oder das Paar junger Burschen, die sehen wollten, ob Lincoln wirklich so groß sei, wie sie untereinander gewettet hatten, und die Staatsmänner und Politiker, die mit ihm wichtige Fragen zu besprechen wünschten. Anfänglich öffnete er wohl selber jedem Besucher die Hausthür und begleitete ihn dann wieder bis vor dieselbe; allmählich wurde doch die Zahl der Besucher so stark, daß er ein Zimmer im Kapitol Springfields in Beschlag nehmen und eine begrenzte Zeit für den Empfang von Besuchern festsetzen mußte.

Schnell kamen die Tage der Novemberwahl heran, und, wie kaum jemand im Norden wie im Süden anders erwartet hatte, ward Lincoln mit ansehnlicher Mehrheit der Stimmen erwählt. Seine Wahl war für den Süden das Signal, mit den schon längst gehegten Secessionsgelüsten zur Ausführung zu schreiten. Am 20. Dezember machte Süd Carolina den Anfang mit der Erklärung, „daß die zwischen Süd Carolina und anderen unter dem Namen ‚Vereinigte Staaten‘ bekannten Staaten bestehende Union als aufgelöst anzusehen sei.“ Sobald als die Sicherheit es erlaubte, folgten Mississippi, Florida, Georgia, Alabama, Louisiana und Texas dem Beispiele. In allen diesen Staaten wurden die Arsenale und Forts der Vereinigten Staaten in Beschlag genommen, Regimenter von Freiwilligen einberufen und eingexerziert. Die rasch aufeinanderfolgenden Ereignisse machten im Norden einen tiefen Eindruck, ein Gefühl der Beklemmung und fieberhafte Angst bemächtigte sich des Landes. Ein sogenannter Friedenskongreß versammelte sich in Washington, um eine Verständigung anzubahnen, Zugeständnisse vorzuschlagen, mit denen man den Zorn der Sklavenhalter besänftigen möge. Es fehlte im Norden nicht an Männern, die mit den Verrätern sympathisierten, die Interessen des Handels und der Industrie forderten Aufrechterhaltung des Friedens, die „schwarzen Republikaner“, zu denen Lincoln gehörte, wurden als die Friedensstörer angesehen, und viele würden es für die beste Lösung des Konflikts gehalten haben, wenn durch irgend ein unvorhergesehenes Ereignis Lincoln verhindert werden würde, sein Amt anzutreten. In Washington selbst lauerte der Verrat in den höchsten Gesellschaftskreisen, wie unter den Beamten in allen Zweigen der Verwaltung. In zurückhaltendem Schweigen, aber mit gespannter Aufmerksamkeit war Lincoln der Entwickelung des Secessionsplanes gefolgt, und die Gefahren und Schwierigkeiten, die seiner warteten, „konnten ihn wohl mit trüben Ahnungen erfüllen." Fürchtete er auch die Drohungen nicht, die zu seinen Ohren gedrungen waren, daß er niemals den Tag seiner Inauguration erleben werde, so wußte er doch, daß schwere Pflichten seiner warteten.

Am 11. Februar 1861 verließ er Springfield, um sich nach Washington zu begeben; seine Empfindungen fanden Ausdruck in den bewegten Abschiedsworten, die er von der Plattform des Eisenbahnwagens an die begleitende Volksmenge richtete:

„Meine Freunde! Niemand, der nicht in meiner Lage ist, vermag die trüben Empfindungen, die mein Inneres bei diesem Abschiede bewegen, nachzuempfinden. Diesen Leuten verdanke ich alles, was ich bin. Hier wurden meine Kinder geboren, und eins derselben liegt hier begraben. Ich weiß nicht, wie bald ich euch wiedersehen werde. Pflichten, wie sie schwerer seit den Tagen Washingtons vielleicht niemand übernommen, liegen mir ob. Washington würde ohne den Beistand der göttlichen Vorsehung, auf die er zu allen Zeiten baute, keinen Erfolg gehabt haben. Ich weiß auch, daß ich ohne dieselbe göttliche Hilfe, die ihn aufrecht erhielt, nichts ausrichten kann, und von demselben allmächtigen Wesen hoffe ich mit Zuversicht auf Beistand. Ich hoffe, daß ihr, meine Freunde, ebenfalls jene göttliche Hilfe herabflehen werdet, ohne welche kein Erfolg möglich, mit welcher er aber gewiß ist. Und so sage ich euch Lebewohl."

Die Reise Lincolns von Springfield nach Washington war natürlich der Gegenstand allgemeiner Aufmerksamkeit, sowohl seitens seiner Anhänger wie seiner Gegner. Man kann nicht gerade sagen, daß der Eindruck, den er auf die neugierig auf ihn schauende Bevölferung gemacht, überall ein sehr vorteilhafter und gewinnender gewesen wäre. Selbstverständlich hielt er es für nicht verträglich mit der Würde seines künftigen Amtes, seine Pläne und Ansichten über die voraussichtlich einzuschlagenden Maßregeln schon jetzt vor zufälligen unberufenen Versammlungen zum Gegenstande öffentlicher Besprechungen zu machen. Da er nun aber doch genötigt war, die an den Bahnhofsstationen auf ihn wartenden Begrüßungen zu erwidern, so war er in der Lage, Reden halten zu müssen, ohne doch in denselben viel sagen zu dürfen, und das verstand er schlecht. Worte zu machen, die nichts bedeuteten, war für ihn, bei dem das Wort so durchaus nur der Ausdruck des kräftigen Gedankens war, eine schwere Aufgabe. So zeigte er sich verlegen, und man vermißte an ihm die Geistesgegenwart und Frische, die man von einem Führer des Volkes verlangt; selbst von seinen Anhängern fühlten sich manche enttäuscht. Auf der andern Seite konnten sich doch auch wenige den unmittelbaren Eindrücken der Herzlichkeit und Gutmütigkeit, die aus Lincolns Auftreten sprach, entziehen. Weiter nach Süden mehrten sich die Symptome einer feindseligen Stimmung. Das Gerücht, das schon vor der Abreise ihm zu Ohren gekommen war, er werde nicht lebendig durch Baltimore kommen, war wirklich nicht ungegründet. Eine Verschwörung gegen sein Leben wurde entdeckt, aber durch die Wachsamkeit der Polizei vereitelt.

Die Gefahr für die Sicherheit Lincolns war so groß, daß er unter Anwendung der größten Vorsichtsmaßregeln heimlich nach Washington begleitet wurde, während alle Welt ihn noch weit entfernt hielt. In Baltimore wurde auf eine Kutsche geschossen, in der die Verräter den Präsidenten vermuteten; dieser aber war längst aus den ungastlichen Mauern der Stadt hinaus, die Geheimpolizei hatte ihre Aufgabe glänzend gelöst.

Schließlich langte er doch wohlbehalten in Washington an, und allen trüben Befürchtungen seiner Freunde und allen finstern Umtrieben seiner Gegner zum Trotz konnte er am 4ten März seine Rede zum Antritte seines Amtes halten. Manche fürchteten, daß es an diesem Tage noch zu Gewaltthätigkeiten kommen werde, aber die Pläne der Verräter wurden vereitelt.

In seiner Inaugurationsrede erhob sich Lincoln wieder zur vollen Höhe seiner rednerischen Begabung; jetzt wußte er, was er zu sagen hatte, und seine Rede war ein Meisterwerk, an dem das Land erkennen konnte, daß der, welcher den Stuhl der Regierung eingenommen, ein Mann sei in der vollen Bedeutung des Wortes. Sie zeigte ebenso die Klarheit des Gedankens wie die Festigkeit des Willens und die Güte des Herzens. Die herrlichen Schlußworte geben Zeugnis von der Haltung des Ganzen:

„In euren Händen, unzufriedene Mitbürger, und nicht in den meinigen ruht die inhaltsschwere Frage über Frieden oder Bürgerkrieg. Die Regierung wird euch nicht angreifen. Ihr könnt keinen Krieg haben, ohne daß ihr selbst zuerst angreift. Ihr habt dem Himmel keinen Eid geschworen, die Regierung zu zerstören, aber ich habe einen geleistet, sie zu behalten, zu beschützen und zu verteidigen. Ich komme zum Schlusse. Wir sind keine Feinde, sondern Freunde. Wir sind nicht gezwungen, Feinde zu sein. Obwohl die Wogen der Leidenschaften hochgehen, so dürfen sie doch nicht die Bande, welche uns in Neigung und Liebe verbinden, durchbrechen. Die geheimnisvollen Saiten der Erinnerung an unsere ruhmvolle Vergangenheit tönen in der Brust jedes wahren und aufrichtigen Amerikaners, und sie werden, wenn von unserm Schutzgeiste aufs neue angeschlagen, in einen gewaltigen Accord ausklingen, der volltönend ruft: Unsere Union!“

Eine Riesenarbeit lag für Lincoln vor, deren Größe freilich die ferner Stehenden kaum zu würdigen vermochten; galt es doch sozusagen eine ganz neue Regierungsmaschinerie in Bewegung zu setzen. Die vorhergehende demokratische Regierung hatte sich ja ganz und gar zum Werkzeuge für die Interessen der Sklavenhalter hergegeben; von den Ministern an bis in die untersten Kreise der Beamtenwelt in allen Zweigen der Verwaltung war man, wenn nicht selbst verräterisch gesinnt, doch denen zugethan, welche offen den Umsturz der Regierung beabsichtigten. Unter den bedeutenden Männern, die Lincoln an seine Seite berief, ihm die Lasten der Regierung tragen zu helfen, standen obenan: W. Seward von New York, sein Mitbewerber um das Amt der Präsidentschaft, als Staatssekretär, der geschickte Finanzminister S. Chase und der Kriegsminister S. Cameron, der bald durch den energischen C. Stanton ersetzt wurde. Fand Lincoln an ihnen eine kräftige Stütze, so hatte er doch auf der andern Seite oft genug Veranlassung, namentlich dem Erstgenannten gegenüber, zu zeigen, daß er wohl Rat und Belehrung anzunehmen verstand, aber nicht der Mann war, der sich zur Seite schieben und unselbständig leiten ließ.

Die wohlwollend friedlichen Versicherungen, welche Lincoln dem Süden gegeben, waren den Führern der Sklavenhalterpartei gegenüber, die von ihren vorgefaßten Plänen einfach nicht ablassen w o l l t e n, vergeblich. Wahrscheinlich hat Lincoln mit seiner großen Menschenkenntnis und mit seinem klaren Verstande das wohl selbst gewußt und so klar vorausgesehen wie irgend ein anderer. Aber er w o l l t e nicht die Fackel des Krieges zuerst anzünden, er wollte seinem Programm treu bleiben, wonach er den Gegnern zugerufen: „Ihr könnt keinen Krieg haben, wenn ihr nicht selber zuerst angreift," er wollte alles thun, um diejenigen, welche sich noch nicht offen an die Rebellion angeschlossen hatten, womöglich noch vom Eintritt in dieselbe zurückzuhalten. Es ist begreiflich, daß manche unter seinen Anhängern, die eben die große Verantwortung nicht in gleicher Weise zu tragen hatten wie Lincoln, über seine Politik als eine zu zögernde und unthätige verstimmt wurden. Es waren schwere Tage für Lincoln. Die Feinde der Regierung waren entschlossen, ihn in den Krieg hereinzuziehen, ihn zu einem Schritte zu treiben, der sie berechtigen würde, die Schuld für den Ausbruch der Feindseligkeiten auf ihn zu schieben und ihr Verfahren für berechtigte Notwehr auszugeben. Die Freunde derselben waren ungeduldig und klagten über Unthätigkeit, und auch im Norden gab es eine große Partei, die, weil sie selber nicht mehr an der Spitze stand, der neuen Regierung die Schwierigkeiten von Herzen gönnte und gar nicht daran dachte, daß Lincoln nicht die Sache einer einzelnen Partei, sondern die des ganzen Landes vertrat. Währenddessen unterzog sich Lincoln den angestrengtesten Arbeiten; die Ämterjäger, deren Ansprüchen er seine persönliche Aufmerksamkeit widmete, umlagerten ihn Tag und Nacht, er hielt lange Kabinetssitzungen und stand in ununterbrochenem Verkehre mit den hervorragendsten Männern in allen Teilen des Landes.

16. Kapitel.

Der Krieg.

Bald wich die Schwüle, und das Ungewitter brach aus. Lincoln hatte angekündigt, daß er allerdings nicht in die Rechte der einzelnen Staaten eingreifen, daß er aber das Eigentum des Bundes, die Arsenale und Festungen, welche die aufrührerischen Staaten in Beschlag genommen, wieder in Besitz nehmen werde. Demgemäß ordnete Lincoln an, daß der Besatzung des Fort Sumter bei Charleston Proviant zugeführt werden sollte. Zwei Monate vorher schon, noch unter Buchanans Administration, hatten die Rebellen von Süd Carolina auf den Regierungsdampfer "Star of the West", welcher mit Truppen und mit Proviant für Major Anderson, den Kommandeur des Forts, beladen war, geschossen und ihn gezwungen, unverrichteter Sache den Hafen von Charleston zu verlassen. Monatelang hatten die Rebellentruppen in Charleston schon Vorbereitungen zum Angriff auf das Fort getroffen, sie hatten Batterien aufgeworfen, deren Entstehung Anderson hatte mit ansehen müssen, ohne einen Schuß dagegen abfeuern zu dürfen. Jetzt, als Lincoln dem Rebellengeneral Beauregard ankündigen ließ, daß er in einem nicht kriegerisch ausgerüsteten Schiffe der Mangel leidenden Besatzung Proviant zuzuführen beabsichtige, hielt derselbe die Zeit für gekommen, zum Angriff zu schreiten. Anderson wurde zur Übergabe aufgefordert, und da er dieselbe verweigerte, begann die Beschießung. Nach einem furchtbaren Bombardement von vierunddreißig

Stunden sah sich die kleine, halb ausgehungerte Besatzung, die übrigens durch Bombardement selbst nicht viel gelitten hatte, genötigt zu kapitulieren. Das war der eigentliche Ausbruch des Krieges, am 12. April 1861.

Es lohnt sich allerdings nicht, mit Wenn und Aber an vergangene geschichtliche Ereignisse heranzutreten; wohl aber kann man sich doch die folgenschwere Bedeutung vieler Ereignisse so veranschaulichen, daß man sich fragt: „was würde nicht eingetreten sein, wenn sie sich anders gestaltet hätten?“ So kann man wohl sagen, daß den Südländern der mühelose und unblutige Sieg über die kleine Besatzung teuer zu stehen gekommen ist. So, wie die Sachen damals standen, würde das Volk des Nordens nie mit der Einmütigkeit und Entschiedenheit in den Kampf eingetreten sein, wenn der Charakter der Rebellion nicht zu klar vor Augen gelegen hätte; hätte Lincoln vorschnell die Feindseligkeiten selbst eröffnet, hätte er den Südländern Gelegenheit gegeben, sich als den unschuldig angegriffenen Teil auszugeben, so würde die Reihen der Unionskämpfer nimmer das ermutigende und stärkende Bewußtsein haben erfüllen können: wir kämpfen für eine gerechte Sache. Lincoln ist zu seinem Verfahren geleitet worden durch die einfachsten Grundsätze der Gerechtigkeit und Friedensliebe, er ist den Weg gegangen, der ihm als der einzig gerade erschien; und doch hätte er gar nicht klüger handeln können, wenn er mit der allerfeinsten Berechnung als der schlauste Politiker gehandelt hätte. Durch den Fall von Fort Sumter wurde der schlummernde Patriotismus des Nordens angefacht. Kein Umstand hätte die hadernden politischen Parteien leichter und schneller vereinigen können, als die trotzige Verletzung der Bundesflagge durch die Rebellen von Süd Carolina es gethan. Ein gewaltiger Umschwung der Stimmung fand unter dem Volke des Nordens statt. Bisher hatte Lincoln nicht darauf rechnen können, daß die Stimmung des Volks ungeteilt zu seinen Gunsten sei. Hätte er früher eine Armee aufgeboten, so würden tausend Zeitungen des Nordens über ihn hergefallen sein, würden das verhaßte Wort „Zwang“ mit seinem Namen in Verbindung gebracht und ihn für alles Elend des Krieges verantwortlich gemacht haben. Jetzt war für Lincoln die Zeit des Handelns gekommen.

Am 15. April erließ er eine Proklamation, in welcher er von den bundestreuen Staaten eine Armee von 75,000 Mann zum Schutze der Bundeshauptstadt und zur Wiedergewinnung des geraubten Bundeseigentums verlangte. „Ich fordere,“ sagte er darin, „von allen gesetzestreuen Bürgern, daß sie helfen und das Ihrige beitragen, daß die Ehre, die Unverletzlichkeit und der Bestand unserer nationalen Union aufrechterhalten und das lange genug ertragene Unrecht gesühnt werde.“ Zu gleicher Zeit berief er die beiden Häuser des Kongresses zu einer Extrasitzung auf den 4. Juli zusammen.

Der Erlaß der Proklamation wurde überall als eine dringende Notwendigkeit erkannt, und es wurde ihr im ganzen Norden und Westen mit Begeisterung entsprochen. Ein Beispiel für den Umschlag der Stimmung bietet das Verhalten des großen Gegners Lincolns, Senator Douglas. Sein Bestreben war bislang gewesen, einen Kompromiß zwischen der Sklavenhalterpartei und der Regierung zustande zu bringen, das heißt in diesem Falle natürlich, die Regierung zum Nachgeben zu zwingen und der Sklaverei Schutz und Anerkennung im ganzen Gebiete der Vereinigten Staaten zu garantieren; er fühlte sich zudem von Lincoln beleidigt, weil dieser etliche von seinen Freunden als unzuverlässige Beamte abgesetzt hatte. Aber der Schlag, welcher bei Fort Sumter der Union ins Angesicht versetzt worden, verletzte auch sein patriotisches Gefühl, der Parteimann trat zurück, der Patriot in ihm lebte auf, er besuchte Lincoln und bot ihm seine Dienstleistungen an, und als dieser ihm seine Proklamation, die er am folgenden Tage erlassen wollte, vorlas, antwortete er: „Herr Präsident, ich gebe jedem Worte in diesem Dokumente meine herzlichste Zustimmung, ausgenommen daß ich, anstatt 75,000 Mann Truppen aufzubieten, deren zweimalhunderttausend fordern würde; Sie kennen die unredlichen Zwecke jener Männer nicht so gut wie ich." Von da ab hat Douglas den leider nur kurzen Rest seines Lebens, er starb schon nach einigen Monaten, redlich Schulter an Schulter mit Lincoln gestanden.

Dem Aufrufe wurde mit Schnelligkeit entsprochen. Die Kompagnien von Pennsylvanien, die Regimenter von Massachusetts eilten zum Schutze der Hauptstadt herbei, sie mußten sich den Durchzug durch Baltimore von dem dort sich zusammenrottenden Pöbel erkämpfen, und so floß hier das erste Blut im Bürgerkriege. Binnen wenigen Tagen war jedoch die Hauptstadt des Landes gegen die erste dringende Gefahr eines Überfalls gesichert.

Die Proklamation nötigte aber auch die südlichen Grenzstaaten, die sich noch nicht offen der Rebellion angeschlossen hatten, aus ihrer bis jetzt beobachteten Neutralität herauszutreten. Virginien*) verband sich mit den Rebellen, die Hauptstadt der Konföderation ward nach Richmond verlegt. Bis Mitte Juni hatte sich die Zahl der rebellierenden Staaten bis zu elf erhoben, dieselben verbanden sich zu einem Staatenbunde, und nun war jeder Gedanke an Vermittelung vorüber; diese sogenannten „Konföderierten Staaten von Nord-Amerika“ wollten nicht bloß unabhängig und friedlich neben den „Vereinigten Staaten“ bestehen, sondern sie wollten die Union zertrümmern und so viele Glieder vom Körper der Vereinigten Staaten losreißen, als die Kriegsgewalt in ihre Hände geben würde. Hinfort war die Entscheidung der Macht des Schwertes anheimgegeben.

Eine Geschichte nun des großen vierjährigen Bürgerkrieges auch nur in ihren Umrissen hier wiederzugeben, würde weit über die hier gesteckten Grenzen hinausgehen. Nicht, daß eine solche Geschichte des amerikanischen Bürgerkriegs in eine Lebensgeschichte Lincolns nicht hineingehörte. Er hat diesen Krieg, obgleich er selbst nur selten im Feldlager gewesen ist, doch miterlebt mit einem Anteile wie kein anderer. Er hat von nun ab sozusagen gar kein Privatleben mehr gehabt, sondern sein ganzes persönliches Leben ging in dem Miterleben jener großen erschütternden Bewegungen auf.

Hier sei nur nochmals darauf hingewiesen, daß der Krieg nicht Lincolns Krieg war. Kurz vorher, 1859, hatte der ehrliche, aber irre geleitete Fanatiker John

*) Der Staat teilte sich bald: West Virginia blieb der Union treu.

Brown einen ganz aussichtslosen verunglückten Versuch gemacht, die Sklaven in den Südstaaten mit Gewalt zu befreien, und war dafür gehenkt worden. Mißverstand und Feindseligkeit haben öfter den Krieg des Nordens gegen den Süden auf gleiche Stufe mit jenem Unternehmen John Browns zu stellen gesucht, als sei der eigentliche Zweck in beiden Unternehmungen nur die gewaltsame Unterdrückung der Sklaverei gewesen, als sei der Unterschied nur der, daß John Brown mit zwanzig Genossen gekommen sei, Lincoln mit hunderttausend, und daß jener für sein Verbrechen gehenkt worden sei, während Lincoln, durch die Staatsmacht geschützt, von keinem Strafgesetze erreichbar, die Strafe aus anderer Hand habe empfangen müssen; Browns Unternehmen sei ein Raubzug, Lincolns ein Krieg genannt worden. Das ist grundfalsch. Daß Lincoln, wenn's ihm vergönnt gewesen wäre, im Frieden zu regieren, die durch sein Präsidentenamt ihm gegebene Macht auch zu verwenden gesucht haben würde, um die Gesetzgebung des Landes zu Schritten zu leiten, die auf eine Befreiung des Landes vom Fluche der Sklaverei gezielt haben würden, ist wohl gewiß. Aber den Krieg hat er nicht zur Abschaffung der Sklaverei begonnen,. er hat ihn überhaupt nicht begonnen, sondern die Waffen sind ihm in die Hand gezwängt worden.

Der erste große Zusammenstoß der feindlichen Truppenkörper, dem schon zahlreiche geringere Gefechte vorangegangen waren, hat am 21. Juli 1861 bei Bull Run oder Manassas Junction in Virginien stattgefunden. Der schon beinahe erfochtene Sieg ward hier den Unionstruppen wieder entrissen und in eine unrühmliche Niederlage verwandelt. Wenn hier das Heer des Nordens gesiegt und infolgedessen sich Richmonds bemächtigt hätte, dann wär's im Beginne des Kriegs mit der Konföderation aus gewesen, die rebellischen Staaten wären zum Wiedereintritt in die Union und zur Anerkennung der Konstitution der Vereinigten Staaten, so, wie sie war, genötigt gewesen. Es hat nicht so sein sollen, und vom Standpunkte der nachfolgenden Erfahrung aus muß man sagen: es ist gut so gewesen, die göttliche Vorsehung hat es also geleitet. Wäre damals die Wiederherstellung des Friedens erzwungen worden, so wäre die böse Wurzel des Krieges, die Sklaverei, nicht mit ausgerottet worden, vier Millionen Menschen wären in den Banden der Sklaverei gelassen worden, und das böse Geschwür am Körper der Vereinigten Staaten würde weitergefressen haben. Es mußten erst noch viele andere Mißgeschicke kommen, ehe die öffentliche Meinung dazu reif und Lincoln bereit sein konnte, die Axt der Vertilgung an diese böse Wurzel zu legen.

Zur selben Zeit, als die geschlagenen Unionstruppen von Bull Run nach Washington zurückflüchteten, beschloß der Kongreß, ein Heer von fünfhunderttausend Mann ins Feld zu stellen und eine Geldsumme von fünfhundert Millionen Dollars zur Fortsetzung des Krieges aufzubringen. Aber der Besitz eines großen und mit der Zeit auch trefflich geschulten Heeres und schier unerschöpflicher Geldmittel reichte doch nicht aus, um einen Feind schnell zu besiegen, der alle Kraft seines Landes mit der höchsten Erbitterung anwandte, der von mißgünstigen auswärtigen Mächten (England und Frankreich) durch trügerische Hoffnungen zu immer erneutem Widerstande ermutigt ward, und der von einer straffen, fast tyrannischen Regierung geleitet ward und unstreitig ausgezeichnete Feldherren besaß. Der Norden mußte nicht nur sein Heer, sondern auch seine Feldherren erst im Kriege bilden, und lange hat es gedauert, ehe die rechten Männer gefunden wurden, die das gewaltige, ungefüge Werkzeug des amerikanischen Kriegsheeres in kräftiger und geschickter Hand zu regieren vermochten. Im Süden war der Krieg von Anfang an populär, die Führer wollten ihn, die Masse war fanatisiert; im Norden ging man widerwillig hinein, man hatte ihn, wie Lincoln selbst, bis aufs Äußerste zu vermeiden gesucht, man hatte nicht geglaubt, daß es dazu kommen werde, man hatte keine Ahnung gehabt, daß er solche Dauer und solche Ausdehnung annehmen werde. Der erste Sturm patriotischer Entrüstung kühlte bei vielen sich ab, als die Schwierigkeiten und Opfer sich unerwartet groß zeigten; eine noch immer mächtige politische Partei wagte es, inmitten der äußersten Not und Gefahr zum Wegwerfen der Waffen zu raten mit der berüchtigten Erklärung: „Der Krieg ist ein Fehlschlag und ein Fehlgriff.“ Da mußte in Lincoln und seinen Gesinnungsgenossen der Entschluß reifen, von allen Mitteln entschiedenen Gebrauch zu machen, deren man sich bis daher aus Schonung gegen den Gegner enthalten hatte.

Anfänglich war's die Absicht gewesen, den rebellischen Staaten unter der einen Bedingung, daß sie sich unterwerfen würden, alle ihre Rechte und Einrichtungen, die sie früher gehabt, auch den Besitz der Sklaven, zu belassen. Alle vorzeitigen Schritte einzelner Generale, welche begannen, in den von ihnen unterworfenen Distrikten die Sklaven für frei zu erklären, mußten auf Lincolns Befehl umgeändert und zurückgenommen werden; aber Lincoln konnte sich der Erkenntnis nicht verschließen, daß früher oder später die Freierklärung der Sklaven eine notwendige Kriegsmaßregel werden müsse.

Es konnte nicht mit angesehen werden, daß der Süden dadurch, daß er Sklaven besaß, in stand gesetzt wurde, seine sämtliche weiße waffenfähige Mannschaft ins Feld zu schicken, während er Ackerbau und Haushaltung den Sklaven überließ, daß er sogar Sklaven zwingen konnte, Kriegsdienste zur Aufrechterhaltung der Sklaverei zu leisten.

Lange und vielfach bemühte sich Lincoln, die Sklavenhalter, namentlich in den Grenzstaaten, zur Besinnung zu bringen. Er wünschte, daß der Kongreß denjenigen Sklavenstaaten, welche die Sklaverei in ihrem Gebiete abschaffen wollten, eine Geldsumme zur Unterstützung auszahlen sollte, damit dieselben die Sklavenbesitzer, welche durch die Freisprechung der Sklaven in ihrem Eigentume geschädigt würden, entschädigen könnten.

Es war vergeblich, die Vertreter der Grenzstaaten gingen nicht darauf ein. Die entschiedenen Gegner der Sklaverei im Norden wurden über das Zögern Lincolns ungeduldig, die Mißerfolge in der Kriegführung verlangten ein energischeres Zugreifen, und so fühlte sich Lincoln endlich ermächtigt und gedrungen, den Schritt zu thun, den er selber als die wichtigste That seines Lebens bezeichnet, und der an Wichtigkeit keinem Ereignisse in der ganzen amerikanischen Geschichte nachsteht.

Längst vorbereitet und durchdacht, mit den Gliedern des Ministeriums gemeinsam durchsprochen, aber Lincolns eigenstes Werk und im Kämmerlein im ernsten Gebete vor Gott erwogen, wurde am ersten Januar 1863 jene inhaltschwere Proklamation erlassen, welche Lincolns Namen verewigen und vier Millionen Menschen und ihren Nachkommen die Freiheit gewähren sollte, welche zum erstenmale nach Verlauf von beinahe einem Jahrhundert das Wort der Unabhängigkeitserklärung zur Wahrheit machte, „daß alle Menschen vor Gott gleich sind, d. h. gleiche natürliche Rechte auf Leben, Freiheit und Streben nach Glückseligkeit besitzen.“ In derselben heißt es:

„Demnach verordne ich, Abraham Lincoln, Präsident der Vereinigten Staaten, kraft der mir verliehenen Gewalt als Oberbefehlshaber der Armee und Flotte der Vereinigten Staaten, zur Zeit thatsächlicher bewaffneter Empörung gegen die Oberherrlichkeit und Regierung der Vereinigten Staaten, und als eine geeignete und notwendige Kriegsmaßregel zur Unterdrückung besagter Rebellion, am ersten Januar im Jahre unsres Herrn 1863, ...

Daß alle in den bezeichneten Staaten als Sklaven gehaltenen Personen frei sind und von nun an sein sollen, und daß die Regierung der Vereinigten Staaten, einschließlich ihrer Oberherrlichkeit über Heer und Flotte, die Freiheit besagter Personen anerkennen und aufrecht erhalten wird. . . . .

Und bei diesem Akte, der aufrichtig für einen Akt der Gerechtigkeit gehalten wird, verbürgt durch die Konstitution, im Falle militärischer Notwendigkeit, rufe ich das gerechte Urteil der Menschen und die gnadenvolle Gunst Gottes an.“

Die Proklamation Lincolns war natürlich nur eine Kriegsmaßregel und als solche nur von vorübergehender Bedeutung; es lag jedoch in der Natur der Sache, daß sie, einmal eingeschlagen, nie wieder zurückgenommen werden konnte, und so hat denn nach dem Kriege der Kongreß die Freisprechung der Neger durch einen Zusatz der Konstitution bestätigt, so daß Lincoln doch im Grunde der eigentliche Vollzieher der großen Befreiungsthat gewesen ist und die schwarze Bevölkerung nicht unrecht hat, wenn sie die Dankbarkeit für ihre Befreiung vorzüglich auf Lincoln richtet und ihn als den Mose bezeichnet, der sie aus dem Ägypten der Knechtschaft geführt.

Einen sofortigen Umschlag in den Geschicken des Krieges hat die Befreiung der Neger nicht bewirkt; wohl traten von nun ab Tausende von befreiten Negern in den Kriegsdienst der Union, aber die Mehrzahl blieb doch noch im Gehorsam ihrer früheren Herren. Der Süden empfing den wider ihn geführten Schlag mit der höchsten Erbitterung. Die Kriegsfurie entflammte ihre Wut, die Flamme loderte bis zur höchsten Höhe und drohte sich über das Gebiet des Nordens zu ergießen, aber das Gefüge des nördlichen Staatenbaues war doch zu fest, als daß der Anprall es hätte niederwerfen können; noch im Sommer des Jahres konnte Lincoln schon sagen: „Die Zeiten fangen an, sich zu bessern, der Vater der Gewässer rollt wieder unangefochten bis zum Meere, der Friede scheint nicht mehr so fern wie zuvor.“

Es ist doch unfraglich, daß das Bewußtsein, nun für ein neues Amerika zu kämpfen, daß nach wiederhergestelltem Frieden der Schandfleck der Sklaverei vom Lande getilgt sein werde, die Herzen der Unionskämpfer mit einem höheren freudigen Gefühle erfüllt hat, und die Früchte sind nicht ausgeblieben. Das Jahr 1864 brachte zwei wichtige Entscheidungen. Auf dem Gebiete der Kriegsleitung waren endlich die richtigen Hände gefunden, denen die Führung des Heeres bleibend anvertraut werden konnte. Grant und Sherman haben mit unentwegter Festigkeit den blutigen Weg vom Mississippi bis nach Atlanta, Savannah und Richmond zurückgelegt, ihren stetigen wuchtigen Hammerschlägen ist die Rebellion schließlich erlegen. Auf politischem Gebiete brachte das Jahr die neue Präsidentenwahl.

Die Aussichten am Anfang des Jahres waren noch zweifelhaft und dunkel; das Land fühlte die Verheerungen des Kriegs und die Opfer, die ihm auferlegt wurden. Immer noch erging ein Truppenaufgebot nach dem andern, und noch war kein Ende des Krieges abzusehen. Die Rebellen-Konföderation schien noch immer voll kräftigen Lebens zu sein, immer noch schienen ihnen unerschöpfliche Hilfsmittel zu Gebote zu stehen, immer noch war der unter ihnen herrschende Geist ungebrochen, und sie hegten nicht den geringsten Gedanken an Unterwerfung. Während seiner vierjährigen Amtsführung hatte sich Lincoln viele von denen, die ihn anfänglich unterstützt hatten, zu Feinden gemacht, und die demokratische Partei scheute vor keinem Mittel zurück, um ihn beim Volke im schwärzesten Lichte darzustellen. Manche Republikaner sahen sich von ihm zurückgesetzt und beleidigt; er hatte ihre Ratschläge nicht genau genug befolgt, ihre Empfehlungen nicht berücksichtigt, ihre Freunde nicht belohnt. Einige hielten ihn für zu schnell und zu scharf in seinem Thun, andere hielten ihn für zu langsam und zu milde. Das alles war nicht anders zu erwarten. Dessenungeachtet war in den Gesinnungen des Volkes im ganzen das Vertrauen in die Redlichkeit und Unerschütterlichkeit Lincolns so fest gewurzelt, daß alle jene Anfeindungen, die er von links und rechts erfuhr, nur als das leichte Wellengekräusel auf der Oberfläche des Stroms erschienen, das die in der Tiefe gehende mächtige Strömung nicht aufhalten kann. Es konnte gar nicht anders kommen, als daß auf der republikanischen Nationalkonvention, die am 8. Juni in Baltimore stattfand, Lincoln einstimmig für einen zweiten Amtstermin nominiert wurde. Daß Lincoln seine Nomination und Wiederwahl gewünscht hat, ist selbstverständlich. Eine Übertragung des Amtes auf einen anderen würde doch als ein Anzeichen haben gelten müssen, daß seine Amtsführung vom Volke nicht gebilligt worden sei. Daß er einen Personenwechsel auf dem Präsidentenstuhle in jener gefährlichen Zeit nicht für rätlich hielt, drückte er in seiner derben Weise so aus, daß er einem Freunde auf die Frage: „Glauben Sie, daß das Volk Sie wiedererwählen wird?" die Antwort gab: „Man ‚schwappt' (wechselt) die Pferde nicht, während man durchs Wasser reitet."

Durch die Nomination seitens der republikanischen Partei war auch zugleich die Wahl so gut wie entschieden. Die Novemberwahl ergab eine überwältigende Majorität für Abraham Lincoln. Lincoln konnte mit dem Resultate wohl zufrieden sein. Seine Politik, sein Charakter, seine Leistungen hatten eine Anerkennung beim Volke erhalten, wie sie nachdrücklicher nicht gewünscht werden konnte. „Ich danke Gott," sagte er am Abend der Wahl zu einer ihn besuchenden Deputation, „für diese Billigung des Volkes; aber während ich für dieses Zeichen des Vertrauens herzlich dankbar bin, ist doch dies dankbare Gefühl, wenn ich mich recht kenne, frei von irgend welcher selbstischen Erhebung über den errungenen Sieg. Ich verachte niemand, der mir opponierte, seiner Beweggründe wegen. Es macht mir kein Vergnügen, über irgend jemand zu triumphieren; aber ich danke dem Allmächtigen dafür, daß das Volk durch diesen Beweis zu erkennen gibt, daß es auf Seiten einer freien Regierung und der Menschenrechte steht."

Die Erwählung Lincolns vernichtete die letzte Hoffnung der Rebellen. Eine Änderung der bisherigen Politik des Nordens war nun nicht mehr zu erwarten, und die Führer der Rebellion selbst wußten besser als andere, daß sie dieser Politik nicht mehr lange würden Widerstand leisten können. Sie selbst hatten wenig Neigung, Frieden zu schließen, und sie mußten sich fürchten, von Frieden zu reden. Sie hatten ihr Volk aufgereizt und verführt, hatten ihm Sieg und Unabhängigkeit versprochen, ihr Volk hatte ihnen vertraut und mit bewundernswerter Tapferkeit und Ausdauer darum gekämpft; sollten sie nun sagen: wir haben Unrecht gethan? So weit war es noch nicht. Der Kampf mußte noch bis zum Ende, bis zur völligen Verzweiflung weitergeführt werden.

---

17. Kapitel.

Lincolns Privatleben während der Präsidentschaft.

Daß die großen politischen und kriegerischen Ereignisse Lincolns Aufmerksamkeit unausgesetzt in Anspruch genommen haben, ist selbstverständlich; aber es ist nicht bloß die Sorge um das Große, was ihn beschäftigt hat, sondern noch unendlich viel mehr kleine, nicht für die Gesamtheit, sondern nur für einzelne Personen wichtige Angelegenheiten verlangten seine Teilnahme. Mehr als irgend einer seiner Vorgänger galt "Old Abe", wie er nun schon genannt ward, für den Vater seines Volkes. Jeder, der in Verlegenheit war, hatte Zutritt zu ihm und schien zu glauben, Lincoln könne ihm in seiner Verlegenheit helfen. Was in seinen jüngeren Jahren in kleinstem Kreise ihm gewöhnlich zugefallen war, daß er den Vermittler zwischen Parteien zu spielen hatte, das schien nun bei dem Präsidenten sich in größtem Maßstabe zu wiederholen, und er mußte wohl öfters die Bemerkung machen, man scheine ihn für eine Art höheren Polizeirichter zu halten, vor dem die Leute alle ihre kleinen Zwistigkeiten schlichten ließen. Mit gleicher Geduld hörte er die Klage der armen Frau an, die sich über einen Beamten beschwerte, der ihr das schuldige Kostgeld nicht bezahlt, wie die Beschwerde eines Generals über die Mißgriffe eines Kollegen.

Daß ein Mann wie Lincoln im Weißen Hause nicht hochmütig werden konnte, versteht sich von selbst. Der Würde seines hohen Amtes, das ihn an Rang mit dem mächtigsten Monarchen Europas gleichstellte, war er sich ja wohl bewußt, und er wußte auch bei aller Schlichtheit und Einfalt seines Wesens, oder vielmehr gerade durch dieselbe, die Würde dieses Amtes wohl zu repräsentieren, er war nicht der „rohe Bauer", als den ihn seine südlichen Feinde zu malen liebten, seine ganze Erscheinung hatte, wenn er wollte, etwas Ehrfurchtgebietendes. Aber die Einfachheit und Ungebundenheit seines früheren Lebens ließ er sich nicht gerne nehmen.

Seine früheren Freunde aus dem Westen waren ihm stets willkommen, er ging mit ihnen ganz in der alten Weise um, und alle steife Etikette war ihm verhaßt. Häufig durchstreifte er zu Fuße und ohne alle Begleitung die Stadt, und es war ihm zuwider, seiner Freiheit Zwang anzuthun. Ohne Zeremonien rief er wohl vom Fenster oder von der Thür seiner Wohnung den ersten besten Vorübergehenden an: „Wenn Sie einen Zeitungsjungen sehen, bitte, schicken Sie ihn herauf."

Die größte und lebhafteste Teilnahme widmete Lincoln dem Wohl und Wehe der Soldaten, die im Interesse des Landes fochten. Mit schmählichem Unrechte hat man ihm Schuld gegeben, daß er gegen die Opfer, die der Krieg forderte, gleichgültig sei, daß es ihm nicht darauf ankomme, Tausende auf Tausende zur Schlachtbank zu liefern. In Wahrheit gingen ihm die Entbehrungen der Soldaten, ihre Opfer an Gesundheit und Leben so tief zu Herzen, daß er nicht nur in seiner Seele, sondern sogar körperlich darunter litt. In Gedanken war er stets bei den Kindern seines Landes, und in jeder Schlacht, in der er sie begriffen wußte, ging ein Stück seines Lebens mit verloren. Er bewunderte die Tapfern und stellte sie höher als sich selbst; so oft ein Erfolg im Felde ihm gemeldet ward, verfehlte er nie, der Männer dankbar zu gedenken, denen man ihn verdankte.

Besonders legte er seine Teilnahme für die Soldaten an den Tag in der Art, wie er sie bei Vergehen gegen die Kriegsgesetze behandelte. Die Notwendigkeit, zur Aufrechterhaltung der militärischen Disziplin Todesurteile bestätigen zu müssen, hat ihm stets die furchtbarste innere Aufregung verursacht. Ein persönlicher

Freund des Präsidenten erzählt: „Ich besuchte ihn eines Tages im Anfange des Kriegs. Er hatte soeben das Begnadigungsgesuch eines jungen Mannes unterzeichnet, der dafür, daß er als Schildwache auf seinem Posten geschlafen, zum Tode durch Pulver und Blei verurteilt war. Er las es mir vor und sagte: ‚Ich kann den Gedanken nicht ertragen, mit dem Blute dieses jungen Mannes auf der Seele ins Jenseit zu gehen. Man kann sich gar nicht wundern, daß dieser junge Mann, der, auf einer Farm geboren, wahrscheinlich in der Gewohnheit erzogen ward, mit Einbruch der Dunkelheit ins Bett zu gehen, einschläft, wenn er wachen soll; ich kann nicht zugeben, daß er erschossen wird.‘“ Diese Geschichte wird dadurch vervollständigt, daß von dem jungen Manne berichtet wird, er habe in der Schlacht von Fredericksburg den Heldentod gefunden; mit der Todeswunde in der Brust fand man ihn unter den Gefallenen, auf dem Herzen eine Photographie seines Retters tragend mit den Worten beschrieben: „Gott segne Präsident Lincoln.“

„In der ersten Woche meines Kommandos,“ erzählt ein höherer Offizier, „sollten vierundzwanzig durch das Kriegsgericht zum Tode verurteilte Deserteure erschossen werden, und das Urteil bedurfte nur noch der Bestätigung durch den Präsidenten. Er verweigerte dieselbe. Ich ging nach Washington und bekam Audienz. Ich sagte: ‚Herr Präsident, die ganze Armee ist in Gefahr, wenn nicht an diesen Männern ein Exempel statuiert wird.‘ Er erwiderte: ‚Herr General, es gibt schon zu viele weinende Witwen in den Vereinigten Staaten; um Gottes willen bitten Sie mich nicht, ihre Zahl zu vermehren, denn ich will es nicht.‘“

Daß ein Mann von so selbständiger geistiger Entwickelung auch in seinem religiösen Denken sich nicht damit begnügen konnte, hergebrachte Vorstellungen sich oberflächlich anzueignen und nachzureden, sondern daß bei ihm die religiösen Überzeugungen aus seinen persönlichen Erfahrungen und aus seinem innersten Wesen sich bildeten, ist selbstverständlich, ebenso auch, daß seine religiösen Anschauungen mit seinen sittlichen Grundsätzen aufs engste zusammenhingen. Seine bis zur äußersten Grenze gehende Milde in der Behandlung von Vergehen, die sich aus der Schwachheit der menschlichen Natur entschuldigen lassen, wurzelt in der demütigen Überzeugung, daß er selbst die göttliche Geduld und Langmut bedürfe und reichlich erfahren habe, während seine unnachsichtige Strenge gegen Verbrechen, die auf Berechnung und gemeiner Habsucht beruhten, von seinem sittlichen Abscheu gegen unedle Gesinnung zeugt. Als die Gattin eines Rebellenoffiziers für ihren gefangenen Gemahl dringend um Freilassung desselben bat und ihr Gesuch auch dadurch zu unterstützen suchte, daß sie darauf hinwies, ihr Mann sei sehr religiös, gewährte er ihr Gesuch, setzte aber dabei hinzu: „Sagen Sie Ihrem Manne, ich verstände nicht viel von Religion, aber nach meiner Ansicht sei die Religion, welche die Menschen zu Rebellen macht und sie zum Kampfe gegen die Regierung treibt, weil diese Regierung ihnen nicht hinreichend behilflich ist, daß sie im Schweiße des Angesichts anderer Menschen ihr Brot essen können, nicht diejenige, die ins Himmelreich führt.“ Eine Religiosität, die den Menschen in seiner Selbstsucht beläßt und ihn nicht antreibt, für das Wohl seiner Mitmenschen ein Herz und für ihre Leiden ein Mitgefühl zu haben, konnte ihm nicht viel Achtung abgewinnen.

Es ist erklärlich, daß die erschütternden Begebenheiten in seiner Regierung ihn täglich tiefer in das Bewußtsein seiner Abhängigkeit von Gott hineintrieben. Wenn er vorher noch nicht beten gelernt hätte, jetzt hätte er's gelernt; die Verantwortlichkeit lag zu schwer auf ihm, er fühlte, daß er sie nicht allein tragen konnte. „Oft," sagte er einst, „hat mich die Überzeugung, keinen andern Weg zu wissen, auf die Knie geworfen; an einem solchen Tage schien mir meine eigene Weisheit und die meiner ganzen Umgebung unzureichend." Als ihm bei andrer Gelegenheit versichert wurde, daß viele seiner in täglichem Gebete gedächten, sagte er, daß ihn dieser Gedanke schon oft gestärkt habe, und mit großer Feierlichkeit fügte er hinzu: „Ich müßte der eingebildetste Dummkopf von der Welt sein, wenn ich glaubte, auch nur einen Tag die Pflichten erfüllen zu können, die mir, seit ich dies Amt angetreten, obgelegen haben, ohne die Hilfe und Erleuchtung des Einen, der stärker und weiser ist als alle andern." „Wenn ich," sagte er bei andrer Gelegenheit, „einmal von Washington weggehe, dann werde ich, wenn nicht als ein besserer, so doch als ein weiserer Mann hinweggehen, denn ich habe zu oft erkannt, um es vergessen zu können, was für ein unbedeutender Mann ich bin."

Wenn er nun auch in Augenblicken tieferer Erregung und feierlicherer Erhebung sich durchaus nicht scheute, seine religiösen Überzeugungen offen auszusprechen und einen Blick in sein inneres Leben thun zu lassen, so liebte er's doch auf der andern Seite durchaus nicht, seine religiösen Empfindungen und Erfahrungen gleichmäßig zur Schau zu tragen und das, was ihm die tiefste Seele bewegte, leicht zur Oberfläche gelangen zu lassen. Im Gegenteil suchte er dieselben größtenteils unter einer fast gefühllos scheinenden Außenseite zu verbergen. Während sein Inneres von den Sorgen um die wichtigsten Angelegenheiten gedrückt oder von den lebhaftesten Empfindungen in Bewegung gesetzt war, konnte er sich den Anschein geben, als seien seine Gedanken nur mit den allergleichgültigsten oder kleinlichsten Dingen beschäftigt. Er schien wirklich eines Ableiters zu bedürfen, der ihm dazu diente, die lastenden Sorgen, die unangenehmen Erregungen, die weich stimmenden Rührungen zu verbergen oder zu bekämpfen. Dazu diente ihm sein unerschöpflich lebhaftes Gedächtnis und seine Phantasie, welche ihm bei jeder Gelegenheit eine „Geschichte" darbot, welche ihm dazu verhalf, eine innere Erregung zu überwinden.

Wenn ihm heftige Angriffe der Presse zu Gesicht kamen, die einen andern Mann in die größte Aufregung hätten versetzen können, so erzählte er eine Geschichte, entweder von jenen Einwanderern in Illinois, die zum erstenmale, des Abends an einem Wasser lagernd, das Gebrüll der Bullfrogs hörten und zuerst vor Entsetzen davonliefen, nachher aber sich von ihrem Schrecken erholten und fanden, es sei nichts als ein Gebrüll; oder er erzählte von seinem Nachbar, der gerne Käse gegessen und als ihm sein Junge dann zurief: „O Vater, sieh, was für große Maden darauf rumspringen," mit Gleichmut erwiderte: „Laß sie springen," und sich gemütlich ein größeres Stück abschnitt. Wenn er dann sich selbst und seine Zuhörer zu herzlichem Lachen hatte stimmen können, so war ihm dies die größte Wohlthat. Über eine leidlich gute Geschichte konnte er lachen, daß die Wände dröhnten. Eines Tages kam ein Colonel Fisk zu ihm und erzählte, wie er seinen Soldaten das Fluchen habe abgewöhnen wollen. Er nahm ihnen das Versprechen ab, sie sollten alles Fluchen ihm überlassen, er wolle für sie alle miteinander fluchen. Sie waren es zufrieden, und wochenlang kam kein Beispiel der Übertretung vor; nun aber gab es einen Fuhrknecht, der ein widerspenstiges Gespann Esel hatte, und als er eines Tags eine Strecke miserabeln Weges zurückzulegen hatte, konnte er im Ärger seine Zunge nicht mehr im Zaume halten und stieß eine Reihe der energischsten Flüche aus. „Ei, John,“ rief ihm der herbeireitende Colonel zu, „sind wir nicht einig geworden, daß ich fürs ganze Regiment allein fluchen soll?“ „Jawohl, Colonel,“ sagte John, „das sind wir, aber Sie waren nicht bei der Hand, und da hier geflucht werden mußte, so habe ich's selber besorgt.“ Lincoln lachte über die Geschichte ganz herzlich, womit nicht gesagt sein soll, daß sie für einen verfeinerten Geschmack gleich ansprechend erscheinen müßte. Am nächsten Tage kam ein alter Mann zu ihm, um ihn um die Begnadigung seines Sohnes zu bitten, der wegen eines Vergehens gegen die Kriegsgesetze zum Tode verurteilt worden war. Der Mann hatte wegen des ungemeinen Zudranges von Personen, die den Präsidenten sprechen wollten, schon mehrere Tage auf eine Audienz warten müssen und befand sich in tötlicher Angst. Lincoln empfing ihn, nahm ihm seine Papiere ab und versprach ihm, dieselben durchzulesen und ihm am nächsten Tage Bescheid zu geben. Angstvoll sah der alte Mann in das Mitgefühl ausdrückende Gesicht des Präsidenten, und die Thränen liefen ihm über die Wangen: „Herr Präsident, morgen ist's wahrscheinlich zu spät, mein Sohn wird erschossen, ich muß die Entscheidung sogleich haben.“ Alle Dabeistehenden waren tief ergriffen; hätte Lincoln seiner eigenen Stimmung nachgegeben, so hätte es eine Rührscene geben können. Lincoln aber wandte sich zum Tische und während er ein paar Worte schrieb, sagte er zu dem Alten: „Warten Sie ein Weilchen, da muß ich Ihnen eine Geschichte erzählen.“ Und nun erzählte er ihm die Geschichte von dem fluchenden John, die ihm gestern Spaß gemacht hatte; für Lincoln hatte die Geschichte jedenfalls noch an Ergötzlichkeit gewonnen dadurch, daß er sie selber erzählen konnte, er lachte selber am lautesten darüber, die Zuhörer lachten mit, und der alte Mann mußte selber die Angst um das Leben seines Sohnes einen Augenblick vergessen und mitlachen. Ehe er noch aus seiner heiteren Stimmung sich wieder zurecht finden konnte, hatte ihm der Präsident die Genehmigung des Gnadengesuches mit seiner Unterschrift in die Hand gedrückt und ihn verabschiedet, draußen erst konnte er seinen Freudenthränen über die Rettung seines Sohnes freien Lauf lassen. Diese ans Sonderbare anstreifende Gewohnheit, bei jeder nur irgend eine Möglichkeit gewährenden Veranlassung eine Geschichte an den Mann zu bringen, war jedenfalls nicht nach jedermanns Geschmack und hat ihm sicher manches Nasrümpfen seitens etlicher Personen seiner Umgebung eingetragen; es war eben eine unschuldige Schwachheit, die man an ihm hinnehmen mußte. Für ihn selbst diente dies Gehenlassen seiner Phantasie zu einer Erleichterung seines Geistes unter den oft erdrückenden Sorgen.

In der schweren unglücklichen Zeit des Jahres 1862 besuchte ihn ein Mitglied des Kongresses. Lincoln begann, eine unbedeutende Geschichte zu erzählen. „Herr Präsident," sagte der Kongreßmann, sich erhebend, „ich bin heute morgen nicht hierher gekommen, um Geschichten zu hören, die Zeit ist zu ernst." Das Lächeln schwand aus Lincolns Zügen und er erwiderte: „Ich achte Sie als einen würdigen, aufrichtigen Mann; Ihnen kann nicht gedrückter zu Mute sein als mir fortwährend, und jetzt darf ich's Ihnen auch sagen: es wäre mein Tod gewesen, wenn ich mir nicht jetzt zufällig Luft gemacht."

Mit frischen Kräften, mit einer eisernen Gesundheit war Lincoln in das Weiße Haus eingezogen. Aber die Lasten amtlicher Arbeit und vor allem die furchtbaren Aufregungen, der fortwährende Druck unter dem Gewichte der Verantwortlichkeit, dazu zuweilen auch häusliches Kreuz, der Tod eines Kindes und die schwere Erkrankung seines ältesten Sohnes, zehrten stark an seiner Gesundheit, und es war ihm oft zu Mute, als ob er nie wieder seines Lebens froh werden könne. Trübe Todesahnungen erfüllten oft seine Seele, und er sprach öfters die Überzeugung aus, daß er das Ende dieses großen Wirrsals, wie er den Krieg nannte, nicht überleben werde.

18. Kapitel.

Lincolns Tod.

In den letzten Monaten seiner Amtsführung, nachdem ihm das Volk durch seine einmütige Wiedererwählung ein glänzendes Zeugnis von seinem Vertrauen gegeben, nachdem die Erfolge Grants und Shermans im Felde die Aussicht auf eine endliche Beilegung des großen Wirrsals nahe gebracht hatten, trat das trübe Gefühl der Schwermut zurück, und neue Lebensfreudigkeit, neue Hoffnung auf eine reiche sich vor ihm erschließende Friedensthätigkeit erfüllten seine Seele.

Für die Anschauungen, Vorsätze und Hoffnungen, die ihn erfüllten, kann gar kein besserer Ausdruck gefunden werden, als die kurze Rede, mit der Lincoln bei Ablegung seines Amtseids am vierten März 1865 in die zweite Periode seiner Amtsführung eintrat. Es war jedenfalls für Lincoln ein großer, erhebender Moment. Vier Jahre eines blutigen Bürgerkriegs waren vorübergegangen, ein gewaltiger Umschwung hatte sich vollzogen, die Regierung hatte die schwersten Prüfungen bestanden und war siegreich daraus hervorgegangen, die Rebellion lag in den letzten Zügen, kein Zweifel konnte mehr laut werden, daß die Politik Lincolns eine weise, gerechte, kluge gewesen war; wie stolz hätte er auf seine Erfolge zurückweisen können, und wie demütig und schlicht waren seine Worte:

„Landesgenossen! Bei meinem zweiten Erscheinen zur Leistung des Eides für das Präsidentenamt liegt weniger Anlaß zu einer ausgedehnten Ansprache vor, als beim ersten. Damals schien eine einigermaßen ins einzelne gehende Darlegung der zu verfolgenden Bahn angemessen.

Jetzt, nach Verlauf von vier Jahren, während deren bei jeder Wendung des großen Kampfes öffentliche Kundgebungen hervorgerufen wurden, könnte wenig Neues vorgebracht werden.

„Die Fortschritte unserer Waffen, von denen alles übrige abhängt, sind dem Publikum ebenso bekannt wie mir selbst, und dieselben sind, so glaube ich zuversichtlich, für alle befriedigend und ermutigend. Von hohen Hoffnungen auf die Zukunft erfüllt, wagen wir keine Vorhersagungen in Bezug auf dieselbe.

„Bei der entsprechenden Gelegenheit vor vier Jahren waren alle Gedanken auf einen drohenden Bürgerkrieg gerichtet. Alle fürchteten ihn, alle suchten ihn zu vermeiden. Während von dieser Stelle aus die Inaugurationsrede gehalten wurde, ganz von dem Wunsche erfüllt, die Union ohne Krieg zu retten, befanden sich aufrührerische Agenten in der Stadt, welche sie ohne Krieg zu zerstören trachteten; sie trachteten, die Union aufzulösen und den Besitz derselben durch Unterhandlungen zu teilen. Beide Parteien scheuten den Krieg, aber die eine wollte lieber Krieg führen, als die Union überleben lassen, die andere wollte lieber den Krieg über sich ergehen als die Nation untergehen lassen; und so kam es zum Kriege.

„Ein Achtel der Bevölkerung waren farbige Sklaven, nicht über die ganze Union verteilt, sondern im südlichen Teile derselben lokalisiert. Diese Sklaven bildeten ein mächtiges und besonderes Interesse. Jedermann wußte, daß dies Interesse irgendwie die Ursache des Krieges war. Dieses Interesse zu stärken, zu verewigen und auszudehnen, war der Zweck, um deswillen die Aufrührer die Union zerreißen wollten, selbst durch Krieg, während die Regierung kein weiteres Recht beanspruchte, als das, die Sklaverei auf den ihr von der Konstitution gewährleisteten Raum zu beschränken und ihrer weiteren Ausdehnung Schranken zu setzen.

„Keine der Parteien war auf einen Krieg von solcher Größe und von solcher Dauer gefaßt, wie sie derselbe bis jetzt erreicht hat. Keine derselben ahnte, daß die Ursache desselben (die Sklaverei) mit demselben, ja schon vor dem Ende desselben, aufhören würde zu existieren. Jede rechnete auf einen leichteren Triumph und ein weniger tief eingreifendes und erstaunliches Resultat.

„Beide lesen dieselbe Bibel und beten zu demselben Gott, und jede ruft seinen Beistand gegen die andere an. Es mag seltsam erscheinen, daß Menschen es wagen, den Beistand des gerechten Gottes beim Erpreisen ihres Brotes aus dem Schweiße des Angesichts ihrer Nebenmenschen anzurufen, aber — richten wir nicht, auf daß wir nicht gerichtet werden! Beider Gebete konnten nicht erhört werden. Keines Gebet ist vollständig erhört worden; der Allmächtige hat seine eigenen Absichten. ‚Wehe der Welt der Ärgernis halber; es muß ja Ärgernis kommen, doch wehe dem Menschen, durch welchen Ärgernis kommt.‘ Wenn wir anzunehmen haben, daß die amerikanische Sklaverei eins der Ärgernisse ist, welche unter der göttlichen Vorsehung notwendig kommen müssen, welche er aber, nachdem sie die von ihm bestimmte Zeit gedauert haben, nun willens ist zu entfernen, und daß er beiden, dem Norden und dem Süden, diesen schrecklichen Krieg schickt als das Weh, dem solche verfallen, durch die das Ärgernis kam, — können wir dann irgend eine Abweichung von den göttlichen Eigenschaften entdecken, welche die an einen lebendigen Gott Glaubenden ihm immer zuschreiben? Innig hoffen wir, inbrünstig beten wir, daß diese gewaltige Geißel des Krieges bald vorübergehen möge. Doch, wenn Gott will, daß sie anhält, bis alle der durch der Sklaven 250jährige unbelohnte Arbeit aufgehäufte Reichtum vernichtet und bis jeder durch die Peitsche hervorgetriebene Tropfen Bluts mit einem durchs Schwert vergoßnen bezahlt sein wird, — auch dann noch muß, wie es vor dreitausend Jahren gesagt worden ist, wieder gesagt werden: ‚Die Gerichte des Herrn sind wahrhaftig allesamt gerecht.‘

„Ohne Groll gegen jemand, mit Erbarmen für alle, mit Standhaftigkeit im Rechte, wie Gott uns das Recht erkennen läßt, lasset uns streben, das Werk, an dem wir sind, zu vollenden, die Wunden der Nation zu verbinden, für die zu sorgen, welche den Kampf ausfochten, ihrer Witwen und Waisen uns anzunehmen und alles zu thun, was einen gerechten Frieden unter uns selbst und mit allen Nationen bewirken und fördern mag.“

Schneller, als Lincoln selbst bei Abfassung dieser Rede noch zu hoffen gewagt, eilten nun die Kriegsereignisse ihrem Ende entgegen. Unaufhaltsam drang General Sherman vom Süden her gegen Richmond vor, um die Hauptarmee unter Grant zu unterstützen. Schlag auf Schlag erfolgten die siegreichen Angriffe der verbündeten Armeen. Am 2. April sah der Rebellengeneral Lee sich genötigt, mit den Trümmern seiner Armee Richmond zu räumen, von Grant unablässig verfolgt. Lincoln hatte sich selbst zur Armee begeben und empfing in seinem Zelte bei City Point in der Nähe Richmonds eine Siegesnachricht nach der andern. Am folgenden Tage begab sich Lincoln zu Fuße, von ganz geringem Gefolge geleitet, in die geöffnete Stadt. Seine Anwesenheit wurde bald den dankbaren Schwarzen bekannt, welche sich mit Dankesjubel und Segensrufen, mit Thränen in den Augen um ihn drängten. Nach Washington zurückgekehrt, empfing er die weitere freudige Siegesnachricht von der Übergabe General Lees bei Appomattox Courthouse am 9. April und damit von der thatsächlichen Beendigung des Krieges. Die große Rebellion war geendet. Am 13. April kam Grant nach Washington und hatte mit dem Präsidenten und dem Kriegsminister eine Zusammenkunft, infolge deren eine Proklamation erlassen ward, daß die weiteren Rekrutenaushebungen eingestellt, der Ankauf von Waffen, Munition und Kriegsvorräten beschränkt und die militärischen Beschränkungen des Handels und Verkehrs aufgehoben werden dürften. „All' Fehd' hat nun ein Ende."

Das ganze Volk des Nordens war in unbeschreiblicher freudiger Aufregung, und während man Gott für Sieg und Frieden dankte, gedachte man auch des Mannes, dessen er sich als Werkzeug bedient hatte. Lincolns Name war in aller Munde. Der geduldige Mann, der während des Krieges so unsäglich gelitten hatte, der verkannt, verhöhnt und verlästert worden war, er stand nun im vollen Sonnenschein der Zuneigung seines Volks. Und er hatte diese Stellung verdient. Der Erfolg hatte sein Verfahren gerechtfertigt. Er hatte anerkanntermaßen die Union gerettet, unsere Nation vor der Zerspaltung in zwei oder vielleicht noch mehr einander feindliche Staatenbildungen bewahrt, die, auf ganz verschiedenen Grundlagen errichtet, ganz entgegengesetzte Interessen verfolgend, fortwährend bis an die Zähne bewaffnet einander eifersüchtig beobachten würden. Er hatte gezeigt, daß auch ein Volk mit politischer Freiheit die Unantastbarkeit seiner Verfassung aufrecht erhalten könne, daß Freiheit mit Ordnung und nicht mit Willkür gepaart sei. Er hatte einer unglücklichen Menschenrasse die Freiheit gegeben und Amerika von dem Schandflecke befreit, der dem obersten Grundsatze seiner Konstitution fortwährend hohnsprach. Er hatte eine Fähigkeit, zu verwalten und zu herrschen, an den Tag gelegt, die ihn den kräftigsten und weisesten Herrschern europäischer Staaten ebenbürtig an die Seite stellte, ja er hatte seinen Namen unsterblich gemacht und ihn im Gedächtnisse der Nachwelt für immer mit dem Andenken an einen der größten Fortschritte der Menschheit verbunden. Er konnte menschlicherweise wohl sagen: Ich habe genug gelebt.

Eine gewisse Ahnung, daß er das Ende seines Amtstermins im Weißen Hause nicht überleben werde, hatte Lincoln von Anfang an begleitet. Im Drucke der Kriegsnöte hatte er oft gemeint, den Lasten der Sorge vorzeitig erliegen zu müssen; jetzt, nachdem die schwerste Last von ihm genommen war, nachdem er die schöne Aufgabe vor sich liegen sah, an dem Wiederaufbau des Friedensglückes für sein Land mitwirken zu dürfen, durchströmte ihn neuer Lebensmut. Nachstellungen gegen sein Leben waren von Anbeginn seiner Regierung ihm bereitet worden, aber die Wachsamkeit der gesetzestreuen Bürger war wie eine schützende Mauer um ihn gewesen; jetzt, wo der Feind niedergeworfen war, wo der Fuß eines Mörders sich nicht mehr hinter die Bajonette eines feindlichen Heeres flüchten konnte, jetzt schien auch diese aus tückischem Hinterhalt drohende Gefahr verscheucht zu sein. Jetzt, wo für alle geradsinnigen Gemüter unter Freund und Feind der Gedanke an Frieden und Versöhnung der nächstliegende war, jetzt sollte aus der Nacht der finstern Leidenschaften der Verrat auftauchen und sein grauenvolles Werk vollführen.

Am 13. April war General Grant nach Washington gekommen. Er und Lincoln waren die gefeierten Helden des Tags. Die großen Männer zu sehen und zu begrüßen, galt als eine Pflicht und als eine Gunst. Der Direktor des Fordschen Theaters, dem der Erfolg seines Geschäfts am Herzen lag, hatte die beiden nicht allein eingeladen, am folgenden Abend sein Theater zu besuchen, sondern hatte auch in den Zeitungen bekanntgemacht, daß beide der Vorstellung des populären Lustspiels „Unser amerikanischer Vetter“ beiwohnen würden. Grant hatte keine Lust gehabt, sich sehen zu lassen, und war wieder abgereist. Auch Lincoln war eigentlich durchaus nicht zum Besuche des Theaters aufgelegt, aber weil der Bevölkerung durch die Zeitungen angekündigt war, daß er dort sein werde, so sah er voraus, daß unter den Theaterbesuchern Unzufriedenheit herrschen würde, und aus Gutmütigkeit entschloß er sich, dem Publikum die Enttäuschung zu ersparen. Von seiner Gemahlin, von einer Tochter des Senator Harris und einem Major Rathborn begleitet, nahm er wenige

Minuten vor neun Uhr die für ihn bestimmte Loge ein. Das Theater war sehr stark besucht, und beim Eintritte des Präsidenten erhoben sich alle Zuschauer von ihren Sitzen und begrüßten ihn in herzlicher Weise. Der Präsident verbeugte sich vor der Versammlung, nahm seinen Sitz ein und war bald in voller Harmlosigkeit in die Betrachtung der Vorgänge auf der Bühne vertieft.

Da mit einem Male öffnet sich die Thür der Loge, ein Mann tritt geräuschlos hinter dem Rücken des Präsidenten ein und verschließt die Thür wieder hinter sich. Und dann — ein Blitz und ein Knall — die Pistolenkugel ist in das Gehirn des Präsidenten eingedrungen, regungslos, ohne einen Laut von sich zu geben, bleibt derselbe noch auf seinem Stuhle sitzen. Die Zuschauer glauben anfänglich, der Pistolenschuß gehöre in den Zusammenhang des Stücks, aber schnell wird die furchtbare Wahrheit erkannt. Ein gellender Schreckensschrei der Frauen ertönt aus der Loge, dann schwingt sich ein Mann auf die Brüstung und springt von da aus auf die Bühne; wohl bleibt er mit dem bespornten Fuße in dem die Loge abschließenden Vorhange hängen und bricht im Falle den Fuß, aber blitzschnell rafft er sich auf, schwingt, den Zuschauern zugewendet, mit theatralischer Miene den Dolch und ruft triumphierend: "Sic semper tyrannis."*) Dann, mit dem Dolch sich Bahn brechend, dringt er durch die Hinterthür der Bühne hinaus ins Freie und ist in der Nacht verschwunden. Das alles ist im Verlauf weniger Minuten, schneller als man es erzählen kann, geschehen.

---

*) So möge es den Tyrannen immer ergehen.

Die That war wohl die eines wahnwitzigen, gänzlich verblendeten und verhärteten, aber doch nicht eines unzurechnungsfähigen Menschen; sie war die Ausführung eines schon längst geschmiedeten, mit aller Vorsicht eingeleiteten, im Finstern verabredeten Verschwörungsplanes. Zur selben Stunde wurde von einem andern Verschwörer der Staatssekretär Seward, der wenige Tage zuvor durch einen Sturz aus dem Wagen bettlägerig geworden war, im Bette überfallen und lebensgefährlich verwundet. Lincolns Mörder, der Schauspieler Booth, ein hartgesottener Bösewicht, ist wenige Tage nachher auf der Flucht erschossen worden; die andern Verschwörer, sieben an der Zahl, unter ihnen eine Frau, sind der verdienten Strafe durch den Strick verfallen.

Lincoln kam nicht mehr zum Bewußtsein; er hat noch bis zum andern Morgen geatmet, um 7 Uhr morgens, am 15. April, gab er seinen Geist auf.

Es ist unnötig zu sagen, daß das ganze Land durch seinen Tod in die äußerste Bestürzung und Trauer versetzt ward. Schreiber dieses erinnert sich, wie die Nachricht von der Schandthat nach Deutschland gelangte. Wie ja heute noch trotz der seitdem hergestellten telegraphischen Verbindung manche unzutreffende Vorstellungen über amerikanische Zustände dort existieren, so waren auch damals manche infolge der Nachricht der Meinung, nun werde in dem unglücklichen Amerika erst recht alles drunter- und drübergehen; bis jetzt sei der Kampf, wenn auch unter Jammer und Leiden, doch in den Formen europäischer Zivilisation geführt worden, nun aber sei erst der Abgrund menschlicher Leidenschaften bis in seine Tiefen aufgerührt worden, jetzt würden Rache, Roheit,

Verwilderung, Krieg aller gegen alle hervorbrechen. Darin hat man sich, Gott sei Dank, geirrt.

Wohl mögen unter denen, welche in Lincoln den Hauptvertreter jener Grundsätze gesehen hatten, zu deren Bekämpfung sie das Schwert gezogen, manche gewesen sein, die es bedauert haben, daß der Tod ihres Hauptfeindes nicht ein Jahr früher eingetreten sei, wo er ihnen noch etwas nützen konnte, wo die allgemeine Bestürzung, in die das Volk des Nordens geriet, in allgemeine Verwirrung ausschlagen und für einen wohlgezielten schnellen Schlag Gelegenheit bieten mochte. Aber das Volk des Südens als Ganzes hat, und dies wohl mit Wahrheit, jede Gemeinschaft mit dem Verbrechen abgewiesen. Daß dasselbe aus dem Geiste der Rebellion hervorgegangen, wird der Süden freilich nicht in Abrede stellen können, aber es war doch nicht der Geist des südlichen Volkes, der in dieser Schandthat zu Tage getreten. Der Tod Lincolns hat das Werk des Neuaufbaues des amerikanischen Staatslebens nicht hindern können, die Mithilfe des edlen Mannes bei diesem Werke wurde freilich wohl schmerzlich vermißt, aber unentbehrlich ist niemand, auch der Edelste nicht. Wohl mag gesagt werden, daß der Tod Lincolns eine gewisse sühnende Wirkung ausgeübt hat. Der erschütternde Vorfall dämpfte den Jubel der Sieger und erweckte in den Besiegten ein gewisses Gefühl der Reue. Man ward sich bewußt, daß bei all dem Wirrsal der Rechtsanschauungen, in dem der eine für Recht beanspruchte, was dem andern als bitterstes Unrecht erschien, man doch noch einen viel größeren Schatz von sittlichen Grundanschauungen miteinander gemeinsam hatte. Wenn im Streite der Meinungen und Interessen keine Verständigung mehr zu erreichen ist, so appelliert man an das höchste Tribunal, an das Gottesgericht. Man setzt für die Grundsätze und Interessen, die man für recht erkennt, sein Gut und sein Leben ein und schreitet zum Kriege, aber weiter geht man nicht, Gut und Leben setzt man ein, aber Ehre, Gewissen, Scheu vor Gottes Gebot wirft man nicht weg; hat das Gottesurteil gesprochen, so fügt man sich, nicht bloß um der menschlichen Notwendigkeit willen, sondern um Gottes willen. Insofern der Tod Lincolns wohl dazu diente, diese ernsten, feierlichen, friedlichen Empfindungen wachzurufen, mag er wohl ein Märtyrertod genannt werden. Die Freiwilligkeit, welche zu einem Märtyrertode gehört, würde bei Lincoln nicht gefehlt haben, wenn es ihm vergönnt gewesen wäre, sich für den Frieden seines Landes zu opfern.

In seiner Leichenrede sprach der Presbyterianerprediger Dr. Gurley: „Seit den Tagen Washingtons ward wohl kein Mensch von dem amerikanischen Volke so aufrichtig geachtet und so herzlich geliebt, wie Abraham Lincoln, und diese Achtung, dies Vertrauen und diese Liebe war keine irrige. Er verdiente sie ganz und gar. Er verdiente sie kraft seines Charakters, kraft seiner Thaten und infolge seines Lebenswandels."

In dem Leben und dem Charakter Lincolns hat das amerikanische Volk eine Wohlthat empfangen, die über seine Zeit hinausreicht. Der Hinblick auf den einfältig schlichten, ehrlichen, uneigennützigen, opferwilligen und weisen Mann wird auf jedes empfängliche Gemüt auch kommender Geschlechter einen veredelnden Einfluß ausüben.